信使的咒语

张鲜明 著

x i a n m i n g

z h i h u a n

作家出版社

目 录

鼻毛飞扬　　　　　　　001

危险的大餐　　　　　　003

羽毛花　　　　　　　　006

偷渡　　　　　　　　　008

老院子　　　　　　　　010

菜籽女儿　　　　　　　012

经典　　　　　　　　　014

吃愁虫　　　　　　　　016

信使的咒语　　　　　　018

绝对零度时间　　　　　022

裂纹　　　　　　　　　024

鼻孔上的舞蹈　　　　　027

叛乱　　　　　　　　　029

替身　　　　　　　　　031

尾巴　　　　　　　　　034

脚印　　　　　　　　　036

脑袋婴儿　　　　　　　038

名医　　　　　　　　　040

看不见的好友　　　　042

"苦——啊！"　　　　045

梦是一壶开水　　　　047

山神之恋　　　　　　049

木头火车　　　　　　053

他想借我的嘴巴说话　056

赌城故事　　　　　　058

西施受刑记　　　　　062

海马3　　　　　　　064

钵子里的诗歌　　　　066

落单　　　　　　　　068

报案　　　　　　　　070

人体骨骼标本　　　　074

宇宙擦　　　　　　　076

艾义　　　　　　　　078

被灵魂绊倒　　　　　080

车祸　　　　　　　　081

垂直行走　　　　　　084

蛋国旅行记　　　　　085

倒立　　　　　　　　　　　088

狗烹　　　　　　　　　　　091

鹤鸣九皋　　　　　　　　　093

葫芦军队　　　　　　　　　096

皮夹子里的感叹号　　　　　098

水抱着水　　　　　　　　　101

伪画　　　　　　　　　　　102

星光！星光！　　　　　　　105

找碗　　　　　　　　　　　107

钻洞　　　　　　　　　　　109

被坐实的伪证　　　　　　　112

是谁让你到这里来的　　　　115

我看到了不该看到的东西　　118

战斗之蛇　　　　　　　　　120

垃圾雕塑　　　　　　　　　123

飞行，其实是坠落　　　　　125

无影之树　　　　　　　　　127

长木耳的手机　　　　　　　130

小石潭记　　　　　　　　　132

追赶双手　　　　　　　　　135

荒村　　　　　　　　　　　　136

悬崖　　　　　　　　　　　　138

驯虎记　　　　　　　　　　　140

在航天电梯里　　　　　　　　143

迷藏　　　　　　　　　　　　145

他们引爆了原子弹　　　　　　147

纠缠　　　　　　　　　　　　149

课堂　　　　　　　　　　　　151

他在写"死后感"　　　　　　155

寻找短板的模子　　　　　　　158

人性展　　　　　　　　　　　160

亿万年以后的财富　　　　　　164

匿　　　　　　　　　　　　　167

她在她的骨盆里长大　　　　　168

人生方程式　　　　　　　　　169

战书　　　　　　　　　　　　172

盗梦　　　　　　　　　　　　175

就像一只兴奋的跳蚤　　　　　177

三张纸写完的长篇小说　　　　179

舌头哭了　　　　　　　　　　182

人头灯拐跑了我的思想 185

城中 187

大地深处的墙壁 190

赌命游戏 193

连天空都愤怒了 196

跑掉的素材 199

请客 202

人体弹夹 206

如果这是梦就好了 207

失控 210

他们废除了婚姻法 213

掏不完的摄影包 217

亡灵的托付 220

我的角色是"流浪者" 223

斗法 225

穿裙子的男人 227

我的家在哪儿 230

鱼死网破计划 234

无镇魔法 237

特嘟嘟 240

灵魂交易　　　　　　　　241

无解　　　　　　　　　　244

附　录

梦、神话与精神分析写作 / 耿占春　249

鼻毛飞扬

　　我的鼻孔里长满鼻毛，鼻毛太浓密，都有点影响呼吸了。鼻毛突出于我的鼻孔之外，摸上去就像是猪鬃，又有点像棉绒。我可以看见我的鼻毛，它是黑色的，随着呼吸在风中翕动。

　　长着这么长的鼻毛，多么令人难堪！我一边用手捻着鼻毛一边在街上走着，遇到人的时候，我会装作咳嗽，用手捂一下鼻子。

　　这怎么行呢？得想个办法。

　　有了，我可以把鼻毛编成两只辫子，这样一来，过长的鼻毛不仅不是毛病，反而成了我独特的个人标记。这是一种行为艺术，它使我看上去更像艺术家。

　　在一个无人的窗口，我悄悄地搓着鼻毛，一边搓一边把鼻毛往外拽。我的鼻毛越拽越长，一开始还有点疼，慢慢地，就不疼了，而且拽得越来越快、越来越顺畅。到了后来，鼻毛自己往外流，像打开的水龙头里的水那样欢快地流淌。流着，流着，我的眉毛越过眼睛往下运动，我的胡须则翻过嘴唇向上运动；到了后来，我的头发也情不自禁地顺着头皮向下滑行。天啊，我全身的毛发都被动员起来了，它们决心变成鼻毛，争先恐后地加入到这一场行为艺术之中！

大风吹来，我的鼻毛漫天飞扬。我就像是飓风中的一棵柳树，已经有点支撑不住了。我摸摸脑袋，它皱巴巴的，像一粒枣核。我那可怜的小脑袋，宛若两绺鼻毛之间打的一个结，被鼻毛左拉右扯，晃荡不停，是那样地无助和无奈。

这鼻毛，疯啦！它获得了独立的意志，显得野心勃勃，我已经控制不了它，任何力量也制约不了它！

鼻毛看透了我的心思，它似乎得到了某种鼓励和纵容，变得更加自信，像舞动的丝绸，像扶摇的烟雾，肆无忌惮地向着四面八方漫天飘舞。到了最后，我被这鼻毛轻轻地拽起来，像风筝那样在空中飞着。不知道将会飞往何处，又会落在哪里，我像一只受惊的鸟儿，一声，一声，尖叫着，尖叫着……

危险的大餐

有人请客。

我被一个小伙子引导着沿着山路往前走，我们来到一个山坳里，准确地说，是走进了一个小碗似的袖珍盆地。引路人通过意念对我说："到了。"

我站在一个小山包上，盆地四周钢蓝色山影发出幽微的光芒，给人一种既远又近、忽远忽近的幻觉。这里没有树，也没有草，到处都是灰色的石头。放眼望去，脚下的山石间分布着一个个荷叶状池塘，我知道，这些池塘是一只一只碟子；盆地中间有一条河，弯弯曲曲，发出细细的亮光，这是面条。

引路的小伙子带我来到一块长方形空地上。这是我的座位。

我刚在座位上坐下来，眼前就出现了一只飞虫。这飞虫看上去像是螳螂、蚂蚱和龙虾的合体，有两尺来长，长着透明的翅膀，有长长的爪子和触须。它围绕着我上上下下地飞，时而悬停在我面前。这，莫非是为我上的一道菜？这只飞虫离我很近，几乎触碰到我的手指，随即闪开了。由于飞得慌张，它落在地上，打了个趔趄。

它在地上一边晃荡着一边用乌黑明亮的复眼盯着我，眼里充满挑衅的意味。我知道它的意思：你能吃到我吗？看起来，这是一道名菜。因为它是名菜，就有点瞧不起我。周围有好多熟人，这飞虫的态度让我大窘。

高台上站着一个人，高个子，大背头，气宇轩昂，今天是他请客。那个引我来到这里的小伙子是此人的秘书，此刻正恭敬地站在他身后。东道主目视前方，以平稳而有力的声调说："它，应该向你道歉。"他的意思是，那只飞虫应该向我道歉。我知道，他这样说，其实是客气，也是在考验我。飞虫是他的宠物，正因为如此那虫子才敢如此傲慢。于是，我故作轻松地对他说："没啥——它是跟我开玩笑呢。"

那人很深地看了我一眼，嘴唇微微动了动，似笑非笑，然后挥手朝着四周画了个圈儿，说："这个世界嘛，来来来，啊？"我知道他的意思是：这个世界就是餐桌，大家可以放开吃。我沿着他手掌的轨迹四下观望，发现山坳里出现了三处像古堡那样的石头房子，它们呈品字形分布。这是新上的三个笼屉，也就是三道菜。但这三道菜是不能随便吃的，只有找到排序第一的笼屉，并且弄清楚所有笼屉的排序，才能打开它并吃上这道菜。问题是，眼前这些房子——也就是笼屉——没有任何标号，如果弄错了顺序，走进去的那个人不仅不能吃到菜而且还会变成这笼屉里的一块肉。原来，这是一场游戏、一场赌博，甚至是一个陷阱。

天啊，怎么摊上这样的事情！

我悄悄地蹲下身，想躲到某块大石头背后藏起来，然后瞅准时机逃出去。可是，眼前是一个一个圆圈，我置身于其中的一个圆圈里，这些圆圈层层套叠、环环相扣，看样子，我是走不出去了……

羽毛花

我和几个人一起来到一面山坡上。走着走着，发现这山坡是由书本变成的，一畦一畦绿色植物其实是一行一行文字。这一点，只有我能看出来，所以，我就踩着一行文字慢慢地往前走，这就是创作。这种感觉让我兴奋不已。

左前方山坡上出现了一尾竖立的羽毛。这近乎透明的白色羽毛，像一株小树那么大。羽毛背后一片漆黑，就像黑色幕布那样，使这羽毛格外醒目。这羽毛，羽翎洁白如骨，粗壮如椽，羽毛自下而上越来越细软，到了顶端，看上去俨然是一团白烟。我明白了：这东西叫羽毛花。

羽毛花在我到来之前就出现在那里，似乎是在等待什么。不对，它的出现，应该与我的到来有关——我踩到了某个字，那个字是机关，就藏在一行一行文字中间，我无意间踩到那个字，启动了机关，于是羽毛花就出现了。只是，我不知道踩到的究竟是哪个字。

羽毛花在黑暗中微微晃动，顶端轻雾袅袅，这是它在思考的缘故。啊，我知道了：这羽毛花其实是一支笔，漫山遍野的植物——也就是文字——都是它写出来的。

偷　渡

兵荒马乱，到处都是逃难者的身影。

有一队人马低着头，自左至右从我面前匆匆经过。人群中有我的母亲，她手里拉着一个小女孩，女孩大约有五六岁，穿着一件花红棉袄。这些人都是偷渡者，我此时的职责是把他们带出检查站。

碾盘前站着一排盘查人员，碾盘是他们的仪器，可以扫描出过往行人的思维，从而轻而易举地查出其真实身份。本来，我已经通过眼睛把这些偷渡者变成影像装在脑子里，打算以这样的方式躲避盘查，看到眼前这个仪器，立马改变了主意，决定把这些偷渡者变成诗歌。动了这个念头之后，那些偷渡者就变成了一排竖立的葱段被放在碾盘上。他们的个人信息以诗歌的形式印在一层一层的葱皮上，葱皮层层包裹起来形成葱段，这是诗歌的装订形式，也是偷渡者的伪装方式。

有十件违禁品将从这里通过，这是盘查人员已经获悉的情报，至于违禁品是什么，他们一无所知。本来，偷渡者已经成功地变成葱段，是可以躲过盘查的；但问题是，碾盘上葱段的数字恰好是十，这就麻烦了。

盘查人员已经知道眼前这十件东西有问题，其中一个穿绿色制服的小伙子弯起右手小拇指吹起尖利的口哨，其他盘查人员正俯下身子全神贯注地翻看那些葱段。我站在碾盘靠里的这一侧，紧挨着盘查人员，大声地朗诵诗歌，一是为了分散盘查人员的注意力，二是为了提醒葱段们，只要不变回人形，碾盘是读不出他们的个人信息的，也就找不到抓捕的证据。

碾盘在我的朗诵声中缓缓转动，悄无声息。只要那些葱段转过九十度，越过警戒线，就万事大吉了。我大声地朗诵着，一首接一首。那几个盘查人员瞪着眼听我朗诵，忘记了盘查；当然，也可能是他们喜欢诗歌，知道我是诗人，就故意放了一马。当我朗诵到"妈妈，我是虫豸儿，我只吃草籽"的时候，那些葱段已经越过警戒线，转到了那一侧。

到了那边，葱段们立马变回人形。

我是不能越过这个碾盘的，如果被它扫描到，一切都败露了。我只好站在碾盘的这一侧目送他们。

起风了，那些偷渡者像一股烟尘在我眼前渐渐飘散，我哭着继续朗诵刚才朗诵过的那些诗……

老院子

一个老宅院，很深，很深，一个院子通向另外一个院子，有很多很多进。

我站在高处俯瞰这宅院，一进一进院子在我眼前忽远忽近，就像是在不断推拉的镜头中所看到的景象。我感知到这个院子的存在，一半靠视觉，一半靠感觉，因为整个宅院呈现出虚拟状态，如同一个幻觉。

每一进院子的上房都有窗户，它们是这院子的眼睛。这院落原本是一个活物，它可以呈现出种种形态；而这一刻，它以老宅院的形态出现。

第一进院子只有一扇窗户，这窗户差不多有整面墙那么大，看上去就是一面圆形水晶玻璃幕墙，放射着宁静而单纯的光芒。从第二进院子开始，窗户依次变成两扇、四扇、八扇，越来越多，越来越多，以几何级数增加，到了最后一进院子，已经弄不清究竟有多少扇窗户了。最后这个院子里的窗户有大有小，大的有拳头那么大，小的只能塞下一个小拇指，还有更小的呢，最小的只有针尖儿大——即使只有针尖大，它依然是眼睛的形状，依然具备眼睛的功能。

　　不知道什么时候，我已置身于这老宅院的最后一进院子里。满墙数不清的眼睛状窗户让我悚然一惊，我明白了：这个老宅院，是一位饱经沧桑的老人。一进院落，代表着他的一个年龄段；数量众多的窗户是他的眼睛，也是大大小小的摄像机，记录并存储着他全部的人生信息。哎呀，我怎么走进一位老人的传记中来了！

　　既然来了，那就透过窗户——也就是眼睛——来读一读这位老人吧。

　　刚动了这个念头，满墙的窗户消失了，我置身其中的这个院子消失了，连整个老宅院也消失了。我站在一堵红黄色的石壁前，只见通天彻地都是飞旋的眼睑状光斑。这些光斑像闪烁的鬼火，像飞旋的火星，像飞舞的萤火，密集的程度和激烈的场面，简直就像是愤怒的蜂群上下左右地包围了我。莫非，是我触犯了那位老人，他把我从他的身体里扔了出来？或许，恰恰相反，是那位老人在用这种方式急切地向我讲述和展示他的一生？

　　事情复杂了！

　　我不知道该如何应对，一急，就干脆变成一粒小小的火星，围绕着那飞旋的光斑飞舞起来……

菜籽女儿

在一间茶室里，一群人在聚会，有男有女，这是一个文学沙龙。人们说说笑笑，显得很不正经，一张张脸都是歪的。其中，有一位女诗人，大家都知道她的生活作风不好，就放肆地跟她开玩笑。

女诗人带着自己的女儿来参加活动，她的女儿看上去大约有四五岁，粉白粉白的，像个洋娃娃，在会场中间的空地上奔跑着，像一只飞舞的蝴蝶。一个高个子中年男人突然冲上去，双手把那女孩举起来，大声问："刘邦跟你做爱了吗？"全场哄堂大笑。

女孩瞪大天真的眼睛，歪着头，想了想，说："做爱？爱，怎么做？我就知道，爱，爱。"

现场霎时安静下来，大家怔怔地看着这孩子。

女诗人扑上去，用一张床单将女儿盖住。就像变魔术那样，那床单平平地铺在地上——那个小女孩不见了。

人们像救火那样拥上去，用手掌在床单上拍打着，不停地拍打，那场面就像是一场集体舞蹈。我知道，这是一种古老的祭祀方式。

在床单上拍打了好一阵，一个人突然大叫："找到了，找到了！”他从床单上抠出一个东西，感觉是从床单的背后抠出来的。原来，他抠出了一粒菜籽。

那人把菜籽放到摊开的手掌上，突然，菜籽变成了刚才那个小女孩。她在那人的手掌上做了一个飞旋的动作，然后跳到地上，微笑着望着人们。

原来，她就是菜籽女儿！

我想跟她说点啥，却不知道说啥才好。

女孩扑到她妈妈怀里，瞬间变回到一粒菜籽那么大，却依然是人的形状，有鼻子有眼。她飞快地沿着她妈妈的胸脯、脖颈钻进妈妈的卷发里。就在我们大声喝彩的时候，她已经出现在一根高高翘起的发梢上，在上头悠荡着，就像一个孩子坐在树枝上那样。而她的妈妈，此时变成了一棵柳树。

聚会的人倏然消失，四周空空荡荡。菜籽女儿的声音在空中响起来：“你们的世界啊，如果云彩也是干的，就只能菜花盛开。”

我一遍一遍地背诵着菜籽女儿的话，就像是在背诵某位诗人的经典诗句。

经　典

　　一面砖墙，看上去似乎是某栋建筑的山墙。这墙，太古老了，已经变成了土黄色。神奇的是，这墙似乎没有完全挨地，这种状态表明，它不是普通的墙而是一幅悬挂着的画；更神奇的是，它不是一幅画而是一部典籍，是经典，其中容纳着无尽的信息和无穷的能量。

　　我对着它用力地看——我这样做，是在对这部经典进行复制。我用目光将它移动。移动的过程很慢很慢。我知道，所有的经典都是这样——它太有分量了；或者，它装作很有分量。那经典用意念对我说："复制只能进行一次，否则地面就会被压塌。"

　　经典的复制品以信息的方式存在，我要读到其中的内容就必须把它转化到纸上。于是，我拿出一张白纸，在空中晃了一下——这是对复制的复制。依然是白纸，上面什么痕迹也没有；但我知道，这纸上已经有了那部经典的全部信息。

　　那张白纸突然有了自己的想法：飞。

　　我知道它想飞，就紧紧地攥住它。如果我的手稍微松一下，它就会像鸟一样飞走；如果它飞走了，就会在空中无穷无尽地复制下去，势必造成灾难性后果。

　　为了避免灾难发生，我必须带着这张纸离开此地。

　　为了不让别人发现我的踪迹，我就绕到房子背后。那个地方，我从来是不去的，也没人敢从那里经过，那个地方长满荒草杂树，经常闹鬼。我从那里经过的时候，脚不挨地，像被什么东西架着在空中飞，不知道是鬼魂作祟，还是我手里的纸片在起作用。我模仿卧佛的姿势，右手支在右耳朵下面，斜躺在空中，快速飞动。我这是故作轻松，其实我的心在发抖，每一根汗毛都竖了起来。

　　拐过墙角，突然起风了。我看见我的姐姐和姐夫，我在空中跟他们招招手，算是打了个招呼。他们知道我手中的纸片很厉害，就以敬畏的眼神望着我。我对他们说："有啥事，可以给我打手机，我要到很远的地方去。"他们没有吱声，只是无比崇敬地仰视着我。

　　风更大了。

　　风有两股：一股是强风，向上；另一股是弱风，向下。两股风在我身体下方交错而过，我手中的纸片是想顺着弱风向下去，回到原地并变回它原先的状态；而我，却想乘着强风向上去。我和那纸片就这样在两股风之间，挣扎着，撕扯着。

吃愁虫

我在一条小路上走着，路上铺满五彩缤纷的花瓣。

隐约感到眼前有一棵树，我看不见这树，只是看到头顶有一片像云彩一样半透明的东西，我知道这是树冠。我正在走向这棵树，目的是要在树洞里睡觉。我困极了。

心头一紧，感到心里有什么东西在抓挠。肯定是虫子在咬我的心！我蹲下身子，把心掏出来。我的心里没有虫子，它是一个像拳头那么大的花蕾，外面包着一层灰色油脂，这层油脂叫"愁"，摸上去硬硬的、凉凉的，像金属。

我的心竟然是这个样子！我既紧张，又不好意思，生怕被人发现。我在胸口慌乱地抓挠着、撕扯着，急于把心装进胸腔，却塞不进去。

我捧着心，无奈地望天。这时候，从树冠上垂下来一个东西，细看，是一只近乎透明的虫子，这虫子的形状像天蚕，被一根透明的丝线吊着，它用无声的言语对我说："我吃愁。"

它是一只吃愁虫！

我捏起吃愁虫，把它放在我的心上，这虫子立马像蚕吃桑叶那样哗哗地吃起来。我心的表面出现了一个洞，这洞在迅速扩大，里头的花蕾一点一点地绽放开来，露出红色花瓣。

等到把我心表面的那一层硬壳——也就是"愁"——吃完的时候，那虫子变成了一枚黑色鹅卵石。这鹅卵石，僵硬、冰凉，表面斑驳，浑身布满纵横交织的丝线。我望着手心里的鹅卵石——也就是吃愁虫——突然难过起来：唉，你把自己吃成了石头！

我捧着我的心——此时它是一朵轻盈、闪亮的花——蹦蹦跳跳地往前走。我决定把这枚鹅卵石做成项坠挂在脖子上，当作一个永久的纪念。

就在这么想着的时候，鹅卵石——也就是吃愁虫——突然不见了。难道是被谁收走了，还是它自己化作蛾子飞走了？

我哭起来。

信使的咒语

有人在追捕我。不见人影，但闻越来越近的马蹄声和此起彼伏的号叫声。山川向我身后疾走，像飞逝的云影。

追捕我的人，是要夺取我身上的一封信。说是信，却没有投寄地址，也没有收信人姓名，它只是一张写着密码的纸。只有我知道，这是黄帝的 DNA 信息。这密码是咒语，谁拥有了它谁就可以长生不老。为了摆脱追捕，我想把这封信扔了，可是这东西已经印到了我的皮肤上，所以那些人是要剥了我的皮。我只能逃跑。

脚下的土路有单人床那么宽，很平，感觉就像是一条传动带。我知道这条路是在暗中配合我，是要帮助我。正跑着，这路突然向地下钻去。我闪在一旁，眼睁睁地看着这路像一条暗河那样向地下流去，那些追捕我的人猝不及防，他们就像是水中的枯枝败叶那样被裹挟着冲走了。这是路的主意——把追捕我的人引开。

就在我茫然四顾的时候，另一条路像跷跷板那样从地下升起来。这是一条壕沟，仅可容下一人。我知道，它不是一般的壕沟，而是一条驿路，是专门为信使准备的。这路有许多分岔，像蜘蛛网那样四通八达。我在一个路口犹豫了一下，凭本能觉得应该向左，也就是朝东方去。果然，走了没多远，看见一片青灰色屋顶。那些房子像捉迷藏的人那样躲藏着，在暗中等待什么人。

我闪身进入一个宅院，院子里有三个人，一男一女两个成年人，还有一个小男孩。我一丝不挂地站在他们面前，大概是刚才在逃跑的时候把衣服和鞋子跑丢了。怎能赤身裸体地出现在人前呢？我大窘。想向他们讨一件衣服，他们木呆呆地望着我，脸上没有任何表情。我不知道他们是否就是收信人，于是试探性地念了一句咒语。没想到，那两个成年男女苹果一样年轻瓷实的面容在我眼前迅速枯萎，他们的脑袋也在萎缩，连身体也开始缩小。几乎是在一瞬间，那一对成年男女就变成了拳头大小的两枚紫黑色干果。

怎么会是这样！唉，是我毁了他们！

我悔恨万分地低头看了一眼那两枚干果——也就是那两个被咒语困住的人——打算向他们道歉，突然，那两枚干果不见了。只见这院子的地上，也就是那两枚干果原先所在的地方，出现了两条像电缆一样的线条，一条红色，一条蓝色，断断续续，就像是撒在地上的两段灰线。这两条线像宣纸上的水彩那样慢慢地向地下洇染，随即化作两道隐约可见的光影，向着远处的山峦迤逦而去。我知道，是那两个灵魂跑了。我更加难过起来。

为了弥补我的过错，我抱起那个孩子，我想收养他。这孩子大概只有七八个月大，瞪着一双葡萄一样又黑又亮的眼睛，浑身油光发亮，像个白瓷娃娃。他的分量很重，就像是金属或陶瓷做的，身上的肌肉粉白油润。就在我抱起这孩子的时候，发现他的小鸡鸡有一尺多长，硬硬地向前挺着，白生生的，嫩嫩的，像是一段长势良好的芦苇根。

啊，这是暗号，他就是那个收信的人！

我用红头绳拴住那小孩的鸡鸡，做个标记，以防他跑掉。我轻声念起咒语。没想到，这孩子就像是一只迅速脱水的苹果，先是左脸变皱，接着右脸也变皱。我大惊：莫非是我把咒语念错了？或是不该用绳子拴他的鸡鸡？我赶紧把那孩子放到地上。

没想到，这孩子一挨地，立马像渗入泥土的水滴一样不见了。正惊异间，我的脚下出现了一道隆起的虚土。这虚土，先是像出洞的鼠兔那样抬头看了我一眼，随即伏于地面，化作一道暗光，沿着此前那红蓝线条运动的轨迹倏然而去。

这孩子，去找他的爸爸妈妈了！我既高兴，又难过。

一个意念说：他要变成树。

那孩子早就想变成树，他的小鸡鸡就是他新发的芽儿——这已经暴露了他的想法。看起来，他跟他的父母蓄谋已久，他们决心变成树，只等着我的出现，单等着我的咒语。

我念起了咒语。

伴随着我的咒语声，地面隆起的虚土上冒出了一簇一簇绿芽。这些绿芽，就像是在电影的延时画面中看到的那样，以极快的速度生长起来。一开始是一根绿芽，接着是一丛小树，眨眼间变成大片森林。这森林一直往上长，像绿色的洪流向上涌起，看着看着就长到天上了。天上地下到处都是漫漶的绿色，隐天蔽日，无边无际。

他们以这样的方式复活了！他们果真是收信人！

我大声地念诵咒语，一遍，一遍，越念越快，声音也越来越高。哎呀，我已经停不下来了……

绝对零度时间

此刻，世界呈现为牛奶形状，乳白色，混沌，就像是无边无际的雾。

当我来到这世界面前的时候，世界，突然裂开一条缝。这是一条看不见的线。我知道，这条线，就是时间。

我趴在这条看不见的线上，上面是牛奶，下面也是牛奶。那么，我是被挤压在世界的缝隙里了；也就是说，我既在时间之中，又在时间之外。我看不到任何东西，却能感觉到，在上面的牛奶和下面的牛奶里，人类以微生物的形态生存着，并散发出阵阵酸臭气。这种结果是时间造成的——时间是发酵剂。

风，吹透我的肩膀，进入骨头缝里，它在切割我的身体。

风，是世界的牙齿。世界，用冷——也就是绝对零度——来切割人类。原来，人类是世界豢养的动物，当世界感到饥饿的时候，就用绝对零度吸食人类的能量，包括灵魂。

我大口大口地呼吸。我以这种方式抵御风寒，要把那冷从骨头缝里逼出去。这是我与世界对抗的方式。

一个声音说："人是一口会思维的气，依附在绝对零度时间之上。"

这是在提醒我。

听到这句话，我的身体立马四分五裂，肢体与器官像散落的羽毛飘飞而去。到了最后，所谓的"我"，也只是一颗脑袋。这是我的自救办法：只要脑袋还在，我就能思维、能呼吸，也就可以确定自己还在活着；至于如何依附在零度时间之上，那是灵魂的事情，哈哈，就不用我操心啦。

裂　纹

　　突然看明白了：天穹，是亮晃晃的脑门；脚下，那伸向远方的半岛似的大地是舌头（唔，微微起伏的土黄色山岗是舌苔，遍地影子一般若有若无的树木和花草是味蕾）。

　　这舌头——也就是大地——上布满裂纹。这些裂纹，只有我才能看见。我知道，这些裂纹是大地深刻的想法。此时，裂纹们以急切的神情、哀求的目光望着我，意思是："救救我！"

　　怎样才能拯救这些裂纹呢？我在天地之间很用力地看，看得气喘吁吁，额头上汗涔涔的，好像只要这样看下去，就能找到拯救裂纹的办法。看着看着，我灵机一动：呃，有了——用我的汗水去浇灌裂纹，这是拯救它们的唯一办法。

　　裂纹遍地，从哪里开始浇灌呢？我焦急地四下探看，终于看清楚了：大地上有三道很深很深的沟壑，它们深达地心。这些深达地心的裂纹是大有深意的，它们是在表明，大地有话要说（正因为大地倾诉的欲望太过强烈，地上的裂纹才如此之深），正是这不可遏制的倾诉的激情，让大地之舌长出了嘴巴。对了，这些裂纹，正是大地之舌的嘴巴。

眼前这三道深沟——也就是大地之舌上的三张嘴巴——从南到北纵向排列。我匍匐在地，把脑袋贴在地上，用脑门上的汗滴去浇灌深沟。当我爬到第一道沟坎上的时候（这深沟隐藏于地下，常人是看不到的，只有我才清楚它的具体方位），这深沟向我传递过来一个意念：我正在写作，你的汗滴就是我的墨水。

如此说来，这三道深沟其实是一个写作者的三重不同身份；或者，这是大地在同时创作着的三部书。我既焦急又难过：写这么多东西，要消耗多少墨水啊，光靠我脑门上的那几滴汗怎么够呢？我感到自己责任重大，就急得哭了起来。

我一边哭一边继续爬行。这时候，我已经赤身裸体。我扭头朝身后看去，但见七零八落的衣服碎片正像一条条蠕动的小蛇往地缝钻去。这是我的衣服自己做出的决定：记录和承载裂纹们的话语。

没有衣裳，我怎么在人间行走？

一急，我像蜂鸟那样飞起并悬停在空中。我看见我的身体依然趴在地上，我还看见那三道深沟上敷着一层深灰色的膜。这表明，我的身体正与沟壑融为一体；同时表明，那三本书即将完成。我满怀依恋地看着我的身

体，鼻子一酸，眼泪就要出来了。泪水啊，流吧，流吧，
如果我的眼泪滚滚而出滔滔不绝，也就解决了汗水——
也就是墨水——不够的难题……

鼻孔上的舞蹈

这是一个陈旧的土洞，洞口光滑而干净，一定是有什么东西经常从这里出入。洞口想对我说什么，却欲言又止。四周的气氛越来越凝重，一定是有什么事情要发生了。

果然，就像是一场无声的爆炸，有个东西从这洞里冒出来。也许，它早就冒出来了，只是我刚刚看到。这东西是黑色的，像是一股黑烟在袅袅升起，又像是一根黑色布条正一上一下飞快地舞动。太快了，看不清这是什么东西。

想起来了，这洞穴原本是一座坟墓，里头埋葬着一个男人。一个意念说："他是舞者，他没有头。"那么，从洞口出来的这个东西，应该与其中埋葬着的那个男人有关。此时，那黑色的东西越舞越快，显得狂躁而暴烈，就像一个狂跳着的土匪。看样子，它不是在舞蹈，而是在寻衅滋事，是要找什么人讨个说法。

一转眼，在离洞口大约两米远的地方，又出现了一个洞口。这洞口周围的土是新的，带着细碎的颗粒，像是被什么动物刚刚拱出来的。这个洞也在冒烟，是白烟，丝丝缕缕的，像是某种缥缈的思绪。从烟雾的颜色可以断定，这里埋葬的是一个女人，她死去的时间不长，那白色的烟雾其实是她对人间的回忆。

我突然明白了：这两个洞穴其实是一双鼻孔——我站立在一个平躺着的人的脸上。

就在我这么想着的时候，那黑色的东西和白色的烟雾像旋风一样纠缠起来。起先，它们像情人的两只手轻轻地触碰了一下，接着就飞快地牵扯起来。等我看清楚的时候，它们已经紧紧地相拥在一起。不是相拥，而是白烟把那黑色的东西包裹了起来，形成一个白色球体。这白色球体一起一伏地鼓动，像是有一个动物在白色塑料袋里挣扎。

那白色烟雾在喘息。不仅是在喘息，而且是在叹息，就像是一位母亲在追赶自己奔逃的孩子。

叛 乱

一本书，从中间自然打开，是它自己打开的，它一边打开一边通过意念对我说："我是《李自成》。"

在翻开的那面书页上有一幅淡淡的、若有若无的画，它不是插图，而是以底纹的形式独立存在的绘画作品，是一幅山水画。能看出它是一幅画，是因为此刻它正从一种淡淡的、浅浅的、朦胧的状态趋向于浓重和清晰——不仅颜色越来越重、线条越来越清，而且连书页也变得厚重起来，具有了画纸的质感。原来，这幅画再也不能忍受作为底纹的身份卑贱地存在的状态，它要从背后走向前台，它要从底层升到上层；它有一种不可遏制的欲望：当主角。

这时候，这面书页上的文字变得越来越模糊；到了后来，它们完全被浮现出来的山水画所遮蔽，已经看不出是铅字了；非但如此，那幅山水画上的瀑布此时竟然开始流动起来，就像动画那样。这幅山水画的意图很明显：用瀑布把这书页上的文字冲掉，让这面书页成为一幅名副其实的绘画作品。

太过分了！

　　书页上的铅字们愤怒了，它们活过来、动起来，就像是为了自己的地盘而拼死搏斗的甲壳虫那样，它们挺身而出，开始撕咬那幅山水画，拼死也要夺回属于自己的书页，并坚决地把那幅山水画从书页上驱逐出去。但这些文字显然不是山水画的对手，在经过一番搏斗之后，它们虽然在不停地挣扎着，最终却像枯枝败叶那样被画面上那条瀑布裹挟着，无可奈何地顺流而下，被彻底地冲走了。

　　接着，书本随意地翻动了一下，翻到了另一页。

　　这一页里也不平静，其中一部分文字正在策划并已经实施一场叛乱，就像是军队的哗变。原来，这些文字是军人伪装的，许多年来他们以文字的形式潜伏在书中。这些伪装成文字的人，对书中关于自己的描写十分不满，此时终于忍无可忍，决定揭竿而起。他们挥舞着偏旁部首，在这书页上胡乱奔走起来，一场哗变就这样形成了。这些文字——也就是那些人——目标很明确：重新排列组合，重写有关他们的故事情节；而另外一部分文字——一些黑体字——却不同意，于是就与叛乱的文字打斗起来。

　　到了最后，这书页上的文字就像两群拼死搏斗的蚂蚁那样，相互纠缠着、撕咬着，使整个书页乱作一团。

　　天啊，怎么会是这样！

　　看起来，这本书是没法读了。

替 身

有一个人，隐约觉得那是一个女人。后来看清楚了，果然是个女人，中年人，圆脸，白皙，微胖。这是在一个广场上，这里聚集着黑压压的人群，她站在一张桌子——也可能是一把凳子——上掐着腰在人群上方比画着，滔滔不绝地演讲。这场景，我太熟悉了，我甚至能猜到她接下来将会干什么、说什么。我一边看着一边说："我替她活了一生。我活得浑然不觉。"

这个女人用紧张的眼神狠狠地瞥了我一眼，随即从她身体里分离出另一个她——跟她长得一模一样，却只是她的影子——在我面前活动着，于是眼前的场景就像是电影里的画面那样成了一种被制造出来的虚拟现实。啊，这个女人很厉害，她会障眼法！更厉害的是，她竟然让她的影子带来了与这里迥然不同的空间和场景。这女人的影子——她的替身——带来的空间、场景和众多人物都是我所熟悉的，我顿时像一粒飘飞的尘埃，在真实时空与这个女人的影子变幻出来的虚拟时空之间穿行。一时间，真实时空与虚拟时空带着数不清的影像，以极快的速度相互交叉、叠加、闪回、混杂，就像无数不同质的溶液搅混在一起那样。到了后来，我与这个女人和她的影子叠加混杂在一起，彼此之间已无分别，弄不清谁是谁了。这虽然令人烦恼，但有一个好处：我已经洞悉这个女人和她替身的一切秘密，就像我知晓自己的全部信息一样。

由于我已经预知这个女人和她的影子接下来会做什么，我就带着一种优越感，以卖弄的语气对人讲述着即将发生的一切，就像一个看过某部电影的观众对正在观看这部影片的观众所做的那样。接下来，与这个女人有关的场景、故事情节，包括一言一语和所有细节，果然伴随着我的讲述开始准确无误地呈现，一个个画面仿佛是在为我的讲述插图配画。

就在我眉飞色舞、滔滔不绝地讲述的时候，那个女人的真身——而不是她的影子——突然捂着脸哭起来。

她为什么要哭呢？是因为我提前暴露了她人生的剧情，使她的人生失去了应有的悬念和神秘感？还是因为我刚才进入了她的时空，与她混在一起，剽窃了、顶替了她的人生？不对，既然我与她已经混合在一起，那也就意味着她剽窃了、顶替了我的人生！哎呀，到了现在，已经弄不清哪个是我、哪个是她，以及谁是谁的替身了。其实，所谓替身，也可能是替身的替身。我的天啊，怎么弄成这样！回想起来，都是因为她的替身——她的影子——带来了不同的时空，造成了人间的混乱。

哎呀，我成了一个身份不明的人！

我决心与她做个了断，彻底撇清与她的关系，还我一个独立的身份，却不知道该怎么办，只好像一个无助的孩子那样跟她一起抱头痛哭。刚哭出声，我突然停下来：这是没有意义的——此刻，很可能是我的替身或者是她的替身在哭，甚至可能是"哭"在哭。

可是她，依然在哭。

是她在哭，还是她在替我哭？这个女人啊！

尾 巴

在一条幽暗的山道上，我飞跑着。不知道为什么奔跑，感觉是在跟一群小孩玩游戏。

跑着跑着，我突然放起屁来，一个接着一个，很响，很大，就像是在发射机关炮。

怎么会有这么多的屁呢？我很吃惊，就停下脚步，回头望了一眼。咦，那一串屁，竟然像一朵一朵花儿，像一个一个气泡，像一只一只水母，显现出一种接近透明的白色，闪闪发光，在我屁股后头飘浮着，仿佛一条飘摇的尾巴。

一群孩子忙乱地捧着一个一个屁的气泡，试图把它们连接起来。我知道，他们是要把这东西收集并珍藏起来。

那东西是气体，早晚是要炸裂和飘散的，要把它连接和收藏，是一个技术要求很高的活儿。我一边担心，一边好奇地看他们怎么完成这个不可能完成的任务。

一个意念说："你要动起来。"

这是一个程序，我必须配合。

于是，我大步往前走，越走越快。我这样快走，其实是想把那个尾巴甩掉。可是，那一串气泡在我身后欢快地摇摆着，使我看上去就像是一只大尾巴猫。

那群孩子带着满脸恭敬和谦卑的神色，庄重地捧着一个一个屁的气泡，在我身后很有秩序地走着，就像是一群信徒走在朝圣的路上。

脚　印

地上有一个跟人的身体一般大小的脚印。这个脚印完全是人的形状，它的名字叫"春"。

这是在一条小河边上，脚印散发出浓重的尘土气息，在地上一起一伏，脚尖部位深深地扎下去，地上现出一个小坑。我知道，脚印在以这样的方式走动，同时也是在演绎一种骚动的情绪。

这脚印像小狗那样望着我，用无声的话语对我说："我必须找到另一个脚印，否则，我会死去。"听它这么一说，我紧张起来，隐约觉得这个事情与我有关，我应该帮它，不能让它死掉。

定睛细看，那个脚印竟然是我的身影。原来，那个脚印其实就是我自己！

麻烦了！

我绕着那脚印转起圈来——我在想办法。转着，转着，我突然明白了：我要找的下一个脚印是"夏"。我必须找到它，并与之重叠。重叠之后，我就成了"秋"。

可是，"夏"在哪儿呢？

这时候，脚印朝着河的方向蠕动起来。哦，我知道了：

"夏"，其实就是那条河。我立即将那脚印——也就是"我"——卷起来，像包袱那样背在肩上。我要过河。

没想到，我的一只脚刚刚进入水里，脊梁上的脚印立马滑落水中，与河流融为一体。"我的脚印！我的脚印！"我大叫起来。

我的脚印就这样消失了，或者，就这样跑掉了。我不知道我是谁，也不知道接下来该怎么办，就在河水里不停地叫着，叫着……

脑袋婴儿

一个男子突然出现在我一位女同事的房间，这位女同事应该是认识那个男子的，此时却满脸狐疑地问我："他是谁？"我说出了这人的名字和职务，她点点头。那个男子大大咧咧地坐到她的桌子上，这个动作让我立马明白：这是一场演出，接下来要有奇怪的场景出现了。

果然，我看见脚下有个东西在蠕动。那东西肉乎乎的，定睛一看，是一只脑袋。这脑袋有两只拳头那么大，或许再大一点，有小孩玩的皮球那么大。它没有颅骨，是一团肉球，通体橘红色，上头有两只大大的眼睛，还有一张嘴巴，都是黑色的，很显眼，很夸张，像是画上去的。此时，这脑袋正沿着一个不高的台阶朝我的脚下运动，熟门熟路的，就像是一只正在回家的小狗。

我的女同事用爱怜的目光看着这脑袋，我知道，这是她的儿子。原来，这东西不是脑袋，而是一个脑袋状的婴儿。这婴儿是有腿脚的，只是很小，隐藏在脑袋下面，一般人看不见。我能感觉到，这婴儿一边走一边跟他的妈妈说话，用一种无声的言语说话。

大概是为了消除我的疑惑，女同事突然一把抓起脑袋婴儿，往上一提，那婴儿立马显现出一个完整的身体，有头颅，有脖子，有胸腹，有四肢，整个身体大概有一米七五高。随即，她将婴儿放回到地上，那婴儿像放松的弹簧一样立马收回到原来的模样。

在完成这一系列动作之后，女同事仰天大笑，用一种自豪的语气说："我的儿子，他什么都知道。他知道世界的结构，也能看透每个人的内心。"

似乎是为了印证妈妈的话，那脑袋婴儿突然说："世界是一条破裤子，它太脏，所以我不穿裤子。"

我惊奇地看着脑袋婴儿，隐约感觉到，这里一共有三个脑袋婴儿，都是我这位女同事的儿子。这三个脑袋婴儿各自都有明确的分工，他们负责为这个世界定位。我想找到其余两个脑袋婴儿，环视四周，什么也没看到；但我知道，他们就在附近。

名　医

　　有一个空间，像是大厅又像是广场，我来到这里的时候，发现已经有好多人，大多是我的熟人或朋友，他们像是在聚会。人们三三两两地说着话，一个个面色红润，谈笑自若，但我能感觉到大家都有心事。原来，这些人都是来治病的。病，并不在他们身体内部，而是像物件那样被随身携带着——有的装在双肩包里，有的装在挎包里，有的装在手提袋里。只要看见谁的衣服上有黑色条纹，谁就是病人。这些人一律出现在这个空间的左侧，他们一边说话一边来回走动，看似轻松的气氛中暗藏着焦虑。那个空间的右侧也有许多人，他们一律穿着整洁的灰色制服，排列着整齐的队伍，感觉很有纪律。在广场中间有一条长廊，长廊里点着灯，就像是寺院里的长明灯，但是比寺院的灯要亮，看上去金碧辉煌。

　　有一个女人，大约三十多岁，肤色白皙，微胖，她是医生。她出现在长廊中的一张桌子旁，眯缝着眼四下张望。她望了一会儿，然后像气功师那样慢慢地抬起手，朝左侧人群的头顶抓了一把，她的意思是：把这些病打一个包，统一处理。我本来属于左边的人群，此时却站在她身旁。我是负责这个事件的报道的，为了采访的需要我必须站在这里。我原本是来治病的，新闻报道只是顺便要做的事情，现在看到她如此处理问题，就紧张起来：我带来的病到底怎么办？

那女医生手里握着一团黑东西，像是烟雾，却颇有质感，感觉就像是风中的一缕头发。她把那团东西在空中来回晃动，就像是在晃动一个风铃。她的动作极快，所以手中的东西就显得很虚，我看不清那东西究竟是什么。她晃动了一阵之后，跟我说："没事儿了。"她好像已经察觉我内心的疑虑，就用意念告诉我："你们的病已经消失，或者被稀释，或者被转移，我要治的是未病。"

果然是个名医！

可我依然不放心：莫非，她把我们这一侧的人带来的病稀释或转移到右侧人群中了？这就是说，在这个地方，没有一个没病的人了！

更让我紧张的是："未病"是什么，我有没有"未病"？

我一急，就从头到脚急速地摸索和拍打起来。

看不见的好友

不知道这是在哪里，眼前这个空间像是一个无边的舞台，又像是一处空旷的乡间场院。感觉这个空间里应该是聚集着很多人的，可眼前却空无一人，只见整个空间里悬浮着一个一个物件。我看见一根有指头那么粗、微微弯曲的竹竿，竹竿下端是开裂的，就像是一把小小的扫帚。我还看见一颗长方形、四角浑圆的璎珞，它闪耀着晶莹而锐利的光芒，像人的眼睛在那个空间里凝视着我。在那个空间里，还有一团一团的东西，形状模糊，若隐若现，从轮廓上看，有的像是男人的光头，有的像是女人的头帕。这些东西，均以人类步行的节奏在空间里上上下下、前后左右地浮动，有的快一些，有的慢一些。它们在相遇的时候，会停下来，拐个弯，像是在彼此礼让，又像是处于某个舞台剧的剧情之中。

哦，这些物件，其实都是人！

我断定这些物件是人，是因为每个悬浮且运动着的物件背后都拖着一股淡淡的烟尘，这些烟尘打着旋儿，让人想到人在行走时所带来的那种气旋。我明白了：这里每一个物件背后都隐藏着一个人；每个物件都是一个符号，它代表主人的身份——璎珞代表官员，竹竿代表乞丐，那些光头和头帕代表的是普通百姓中的男女。

哎呀，果然是一个舞台，这里正在进行一场隐形演出，每个物件都是一个道具，每个道具都代表一个角色。

哈哈，只有我才看出了这一点！

我心里一阵激动，立马挥动手里的手机，我要加他们的微信——加了微信，就更能证明他们是人。告诉你，我的手机具备信息修复功能，加了这些人的微信，我就能搜集并整理出他们的大数据，复原他们本来的样貌，使之现出人形。

可是，没有他们的微信号，也没有他们的电话号码，我怎么加他们的微信？

呃，有了。我打开手机微信上的扫码程序，对着那些物件背后的气旋进行扫描。我判断，那一个个物件——也就是一个个人物——的信息，包括微信号、手机号码等等，都在那气旋里；甚至，那气旋本身就是二维码，只要把它扫描了，也就可以加上他们的微信。

我拿着手机，在空中摇来晃去。突然，手机屏幕上一亮，现出一串数字和数学符号。这些数字和符号，占满整个屏幕。啊，成功了，我加上了他们的微信！这是其中某个人物——即某个角色——通过微信发给我的一道考题。原来，那个看不见的世界——也就是我眼前这个只见道具不见角色的舞台——其实是一个考场，这里正在进行一场考试。一个意念对我说："你要算出人间的微积分。"

微积分？哎呀，我没有学过。我急得满头大汗，盯着眼前悬浮的物件和它们背后的气旋用力地看，想从中找到解题方法。

此刻，那些气旋的颜色显得比刚才要深一些，一定是有什么东西加入其中了。我突然闻到一种熟悉的气息，感到是某个熟人进入到了这个场域里，正在通过气旋来提示我。果然，我隐约看到空中出现了一个加号、一个减号。我突然明白过来：可以用加法来代替"积"，用减法来代替"分"。啊哈，我找到了解题方法！

至此，我完全明白了：我正置身于一个朋友圈里，那一个一个的气旋，都是我看不见的好友！

我把手机往天上一抛，一个箭步向那舞动的气旋冲去……

"苦——啊！"

　　我坐在一片麦田边上，麦田里的麦秆一根根高大粗壮如参天大树，却依然是麦子，密密麻麻的，一片金黄。我是从身后那个方向来的，感觉这麦田是一堵墙，或者是两个时空的分界线。我来到这里是为了躲避什么，也可能是在跟人玩捉迷藏，反正是很紧张。

　　我躺在麦棵里，四周没有一个人。游戏结束了。知道这一点，是因为天就要黑了——这就是信号。

　　突然，眼前出现了一个人。没有看清这人的长相，只看见他的身影。感觉这人是从空中来的，那些高大而密实的麦秆竟然没有影响到他的行动，他就像是投射到地面上的一道影子。他惊扰了我。既然已经有人发现了我，我继续躲藏下去就是一种耻辱，我必须离开。

　　麦秆是那样的密，麦田无边无际，没有路，也无法辨认方向，加上我穿着长长的戏装，根本无法正常行走。怎么办？呃，有了，我可以像仰泳那样，从麦子的上方飞出去。

　　我脸朝上摆出仰泳的姿势，大幅度地挥动双臂。不能确定这个方式能否成功，不知道是否会掉进麦秆的深渊，到了这个时候，也只好试一试了。

呃，还行，我浮起来了。我漂浮在密密匝匝的麦芒之上！

也许是麦子的浮力在产生作用，也许是我宽大的戏装产生了浮力，反正我是飞起来了。我试探着朝左侧飞过去。不知道为何要往这个方向去，我只是觉得往这个方向会好一些，有一点打赌的意思。刚才看见的那个人，好像也是往左侧去的。

既然我穿着戏装，那就应该来一句道白。我深深地吸了一口气，然后用力地吐出来："苦——啊！"

背朝大地，面向天空，四野苍茫，我看见我的这句道白在空旷的天空下像一片白雾慢慢地飘散开去。

一刹那，我飘出那片麦地，仰面躺在一块像打麦场那样平整的水泥地上。其实，并不是躺在地上，而是离地面很近，我的脊梁差不多要挨到地面了。

四周是无边的空虚，我不知道自己置身何处；但我知道，在这个地方，为了不坠落在地，就必须不停地呼叫。我一声接一声地念着道白：

"苦——啊！"

"苦——啊！"

梦是一壶开水

一片旷野。

地上排列着许多东西——机器零件、家具、石头、树桩子等等，横七竖八，东倒西歪，蒙着厚厚一层霜。

突然想起来了：这些东西，原来都是人，是一支远征的军队。他们中间有许多人是我的朋友，只有我能认出他们。他们被冻在那里了。

一个声音说："梦是一壶开水。"

我拿着一个长嘴壶，里头是热腾腾的开水，远远地朝地上那些东西——也就是被冻僵的人——浇过去。我知道，梦能救他们。

一转眼，那些东西不见了，也不见一个人影。莫非那些蒙霜的东西——也就是冻僵的人——被开水浇化了？

隐约听到一片"哐嗵——哐嗵——"的声音由远及近，像是心跳声，又像是脚步声。大地微微颤动。

大片青草，像水一样涌到我的脚面前。从草的神情上看，它们是从很远很远的地方走过来的，身上挂着亮晶晶的汗珠。它们摇晃着身子,对着天空呼喊:"乌央——
乌央——"这声音,跟我听到的心跳声和脚步声保持着
相同的节奏。

山神之恋

一个山壁。

我知道我所面对的是一座山。奇怪的是，这山不想让我看到它的全貌，而只是让我看到它的一个侧面，所以我看到的就只能是眼前这个山壁。这一切，都是这山安排好的——今天将有大事发生，它让我做见证人。

这山壁，立陡陡地站立着，呈不规则四边形，土黄色，一圈毛茸茸的植被勾勒出人头的轮廓。山壁的正面皱巴巴的，在这些褶皱里，散乱地生长着一丛丛矮树和野草。这些树木和野草不是向着天空生长，而是垂直地向外生长，就像是人脸上的胡子和汗毛。这些树木低矮、粗壮，呈铜绿色。之所以是铜绿色，是因为这些树木想告诉我，它们太老了，跟山一样老。这些草，基本上是青色的，却是青中泛黄，闪耀着某种金属的光泽和质感，说明它们是从石头变化来的，跟石头一样古老。

此时，这山壁，猛地抽搐了一下。

细看，不是山壁在动，而是山壁上的草木在动，是它们带着一种巨大的冲动齐刷刷地往外拱。随着草木的拱动，山壁上的石头纷纷崩落，发出阵阵轰鸣。我闪身向后退去。就在我回头观看的时候，那山壁已经变成栩栩如生的人脸。原来，是那些拱出来的草木形成了人的面部五官：山壁上部的树木变成了人发；山壁中间的树木变成了两道眉毛；而在眉毛下方出现了两个凹陷的深坑，亮亮的，是眼睛（大概是为了证明自己真是眼睛，那眼皮还生动地眨了眨）；山壁正中间高高鼓起的小山梁，显然是鼻子。呃，山根那一丛丛青草，此时已经变成胡须。就在胡与须之间，一个完整的嘴唇形成了。那上下嘴唇，厚墩墩、红润润，显现出一道一道竖立的褶皱。

感觉是那些草木，把一张人脸从山壁里头拽了出来。

当然，也可能是一张人脸毅然决然地挣脱山壁，自己浮现了出来。

啊，这山，果然是一个人！

就在我暗自惊叹的时候，那巨大的嘴唇翕动起来，发出瓮声瓮气的话语声："是该出来的时候了。"不知道这是大山对于自己终于现出原形这一事件的感慨，还是对谁下的一道命令。

这时，我的左侧出现了一个身影，一个女人的身影。

我认定这是一个女人，是因为我看见了一双有两层楼那么高的绣花鞋。此时，我就站在绣花鞋的下头，仰着颏儿往上看，我看见这绣花鞋粉白色的鞋底，看见鞋帮侧面绣出的朵朵桃花。再往上看，我看见了一块两三米厚的翠绿色衣袂，它鼓荡着，一褶一褶的，像是裙摆。

我想看清楚这女人的容貌，可是，她太高大了，除绣花鞋和衣袂之外，她的其余部分都在云中。虽说看不见她的身体，但我知道，她是从大地深处长出来的，此时正以极快的速度继续生长。最让我感到惊奇的是，这女人衣袂的材质看上去是玉石或玛瑙，晶莹玉润，闪闪发光，焕发出一种华贵的质感。

我仰望着她，却依旧看不见她的容颜；但我知道，她十分十分美丽，是一种无法言说的美——比美丽还要美丽——美得让人想哭。

空中传来歌吟般的叹息："我——来——了！"

起风了。

我眼前的衣袂，在风中裂开一道一道细小的裂纹，随即传出瓷器开片那样细碎、清脆、悦耳的迸裂声。

啊，莫非……

未及感叹出声，这女人，从绣花鞋和裙摆开始，自下而上噼噼啪啪地剥落。几乎是在眨眼之间，那女人，轰的一声风化成一堆泥土。这泥土是黄色的，很细很细，带着土壤特有的颗粒感，带着泥土的腥味，给人一种十分肥沃的感觉。这些泥土在生成的一刹那，就像是漫漶的水流和氤氲的水汽那样，迅速地朝着那个山壁——也就是人脸——的方向铺展开去。

在泥土铺展开去的地方，出现了一条无边无际的绿毯，它高低起伏，上面开满星星一样数不清的各色野花。这些野花层层叠叠向外涌出，涟漪一般荡漾开去。原来，我刚才看到的是一位女神，她的名字叫"迎"。她出现在这里，是为了等待那一张脸的出现；为了那张脸，她等待了几百万年，把自己等成了石头。

此时，那奔走的花毯——也就是"迎"——爬上了那张脸，在上头来来回回地擦洗着、抚摸着。那是她的男人，他的名字叫"山"。

木头火车

我和几个同事相约去参加一个活动，这些人需要乘我的车，他们在一个地方等着，我到家里收拾东西。本来时间还很充裕，但在收拾东西的时候耽误了不少时间，主要是这期间遇到了一位诗人，他出了一本很漂亮的书，要我去拿。拿书的时候，遇到几个人，他们在一起说话，其中有一个女人，我认为她一定认识那位诗人，就拦住她，我要替那位诗人送书给她。那女人瞪大陌生的眼睛，从我面前昂然而过。原来，是我认错了人。不过，那女人给了我一张票，说是凭借这个，可以找到菜市场。原来，她是一个散发小广告的人。

等我收拾完东西出来，我的那些同事已经等得不耐烦了，他们推着一辆自行车往前走。这么多人，怎么坐一辆自行车？我正要喊住他们，突然想到，我们都没有拿到活动的入场券，心里就焦急起来。想到刚才那个女人给的票，就往口袋里掏了一把，掏出来一团皱巴巴的纸，这大概就是入场券吧。

那些人已经走远，我赶紧去追。

谁知，我的车不见了。明明是在那里停着，怎么就不见了？原来，是那几个人为了节省时间把它开到另外一个地方去了，他们在那里等我。

我来到一条水渠前。这是一条干涸的水渠，或者是一条土沟。我正要翻过这水渠，突然看见一列火车缓缓地开过来，很慢。细看，是一列木头火车，完全是一堆朽木头，像一堆垃圾。火车犹犹豫豫地停了下来，那表情就像是一个迷茫的人。这时候，我看见火车头前面的地上躺着一个人，是个男人，他像死人那样躺着，身子歪斜。这是一个抗议者，他是在抗议并阻止火车从这里经过。那火车在犹豫了一阵之后，突然加速，从那人身上开了过去。那人的一半身子没有了，铁轨上留下一些黏糊糊的肉泥。再一看，火车背后是一摊一摊肉泥，这说明它已经轧死了很多人。

天哪，怎么会有这样的事情发生！

正惊异间，看到那火车在不远处停了下来——它脱轨了。

火车背后的庄稼地上，突然像风中的麦浪那样涌来了许多人。一个花白胡子的老男人，大约六十多岁，微胖，肌肉发达，冲在最前头。他挥舞一把巨大的锄头，在地上刨出四个小坑，一边刨一边说："今儿个，我就埋这儿了！"他是带着必死的决心，来杀那个火车司机的。

火车头上趴着两三个人，正在跟火车头里面的人说话，意思是劝那人出来。感觉这几个人是火车司机的亲戚，他们是为了减轻对那人的处罚才动员他自首的。但那个司机就是不肯出来，他一定是很害怕，不敢出来。

他们说了很多话，最后从火车头正面的那个洞口送出来三块破烂的圆形木头片。这东西，大概是司机的坐椅。那人就是在这样的火车里工作啊。他是给别人开车的。看起来，他也很可怜。

火车的后头，复仇的人正在赶来……

他想借我的嘴巴说话

　　我看见自己在慢慢地飘起来，像一股气息，在睡与醒之间的那条虚线上晃来晃去。

　　这时候，那人出现在我卧室的门口。

　　我知道他已经死了，可是，就是他，竟然朝我靠拢过来。

　　他的脑袋是完整的，胸部以下却是虚拟的，就像一张渐变的图片，越往下越稀薄，到了腿部就完全是马赛克了。他脑袋前倾，在努力地拖拽着自己的身体。他虚拟的身体像草席那样软塌塌地向后拖着，面庞却异常清晰，还是从前的样子。他努力地保持表情的庄严，我却看出那表情背后无法掩饰的自卑。

　　他用意念告诉我：想借你的嘴巴说几句话。

　　我知道，他要说出对于这个世界的看法；我还知道，他的话语将会很危险。

　　从他的表情看，他不但想说，而且想哭。

　　他在靠近我，执著、坚定，却又犹豫，带着试探的意思。他的意图十分明显：用意念控制我，要附我的身。

　　而我，在用意念拼力地抵御着他。被鬼魂附身，是一件很丢人的事情；我的灵魂甚至会被这鬼魂带走。我不能接受这个。

我们僵持着。

他依然试图靠近我，并想控制我。他，已经离我很近了，越来越近。阴冷的气息扑面而来，我的汗毛竖起来，身上起了一层鸡皮疙瘩，身体却不能动弹。渐渐地，我的嘴巴已经不属于我了，我的舌头在动，有一些话语——正是他的话语——眼看就要从我的嘴里冒出来了。我被一种力量往一个危险的地方推着；而我，在用最后的力气——那是心力——抵御着，抵御着。

在离我大约有两尺来远的地方，他停下来——是被我的意志力拒斥在那里的。他忧伤地看着我，眼看就要哭了。我看着他，心里一阵一阵难过，也想哭。

也许过了很长时间，也许只是一瞬间，他开始后退。他那软塌塌的身子先是停止了接近我的努力；接着，在虚空里晃动一下，停住了，像是被什么东西绊了一下，很不甘心的样子；然后，他的身体成了一个虚拟的影子，像一口冬天里的哈气那样，消失了。

我听到一声叹息。

赌 城 故 事

　　我和一群同事一起到一个地方出差，说是去采访，却没有具体采访对象。我们去的那个地方是一座古城，一条一条街道都是明清时代的建筑。走着走着，我看到街边临窗有一张小桌，桌子上放着一副纸牌，当时我无事可做，就百无聊赖地在桌旁坐了下来。左侧还有一张桌子，桌旁坐着一个男人，是个大胖子，他也是独自一人，也是傻呆呆地坐着。我的右侧是一个花格窗户，窗棂后面传来啪啪啪啪的摔牌声，一声比一声响亮，最后变成了阵阵轰响，就像打雷一样。随着摔牌声，窗户后头传来报牌的声音。从那声音得知，打牌的是两个人，那两人每次报出的牌都很厉害，要么是同花顺，要么是王炸。从这两人的声音中我听出来，其中一个人是我的朋友吴猛人，另一个人的声音则很陌生。窗户里头的声音太大，惊动了我左边的那个胖子，引发了他说话的欲望，他对我说："里头有一个人是官员，他总能把烂牌排列成好牌。"他接着解释说："但，那是虚拟的。"我知道，他是因为嫌他们的声音太大才故意这么说的。他并没有见到那人手中的牌，所以他这样说，有造谣的嫌疑。他的这些话造成了舆情的混乱，应该属于假新闻，至少是未经证实的信息。我觉得此人是个麻烦制造者，就翻了他一眼。

闲着也是闲着，我就起牌，然后出牌，我跟自己赌博。左侧桌旁的那个胖子见我这样做，便也拿起他面前的纸牌玩起了跟自己赌博的游戏。我突然明白，这个地方所有的桌子上都放着纸牌——不管是谁，到了这里就必须赌博；如果没有对手，就自己跟自己赌。这是规矩。

我不知道自己是输还是赢，但我发现桌上的纸牌在增加，比以前厚了许多。就在这个时候，右侧屋子里的两个人出来了，一边往外走一边还在争论谁的牌更好。我看清了，其中一人果然是吴猛人，另一个人我不认识，但知道他是一个领导干部。从此人昂头望天的姿势看，他是个大人物。我突然明白了，我所在的这个地方，是一座赌城，凡是到这里来的都是赌徒。那个胖子对我说，这里每个人都必须给赌城的管理者上缴彩头——现在叫博彩税。我问那胖子："我只是一个人在玩，没有赌资，没有产生任何效益，怎么还要缴税？"他斜了我一眼，通过无声的话语对我说："这是规矩。"见我没有回应，他就进一步解释说："既然是赌博，怎么能没有输赢？那副牌，经过你的手，自然就带上了你的体温，这体温就是效益。"听他这么一说，我觉得他应该就是赌城管理者派来的，负责监视赌城里的每一个人。

我起身往街上去，走了没多远，看到我的一位女同事。我们一起出差的时候，她还好好的，此时她的肚子却鼓得像个皮球，把她的黑色条绒裤子都撑开了。她双手轻轻地揉着肚子，在街上晃来晃去，显得很满足。看样子，她也是来赌博的，她赢了，她的肚子就是明证。这充分证明，这里是真正的赌城，城中的每个人都在以不同的方式参与赌博。

正在暗自感叹，我看见街北面临街的二楼整整一层都装修得十分豪华。那里没有灯，十分幽暗。有人告诉我，那是乒乓球馆。我问，这么黑，怎么比赛？那人说，比的就是这个——看谁在伸手不见五指的地方能接住球并打过去。

我朝二楼望去，看见窗口那里站着老邱。老邱手里拿着很大一张纸，正在高声朗诵诗歌。他朗诵的，竟然是我的诗歌！他看见我，就把手里的纸往空中一抛，那纸飘飘荡荡落到我的手里。一看，是一张很薄很薄的纸，纸上印着一张地图，是一幅简易的手绘示意图。图的右侧有一串名字，是蓝色的字，都是我同事的名字；图的左上角有一个说明：供报销之用，有效期截至3月3日。哎呀，今天就是3月3日，是最后一天了，如果不把这个东西报上去，我们这一行人的差旅费就无法报销了。

满城的人都在找这个报销凭证，没想到它竟然在这里！

我拿着这张纸去找我的同事，一边走一边看那上头的名单。这个名单不全，只有这次出差人数的大约三分之二，这一串名字的背后有一个省略号。我逐个清点名单，却没有见到我的名字。我的名字大概在省略号里。

一个声音说："这才是真正的赌博，赌的就是那个省略号。到了一定时候，那省略号会自动打开，有你的名字，算你赢；否则，就算你输。"

我死死地盯着那个省略号，但省略号很平静，因为它还没有得到打开的指令。

西施受刑记

一个人，男人，身材高大，样子很像张飞，他带着风，从我眼前走过。我知道，他是去参加一场比武。

没有看到擂台，也没有看到比武的场面，只看到一条河。我知道，这是一个比武的场合，皇帝给优胜者的奖励是可以多娶老婆。刚才见到的那个人，在河岸上一步一步走着，河岸在他的脚后一块一块塌陷。难道这就是比武？我感到奇怪。

那个人，真的得了第一。

他的身边，立即出现了密密麻麻的女人。

突然，人群大乱。原来，那个男人被抓了起来。一个意念说：他被判了死刑，因为他获得的女人，超过了规定数量。

当我从乱哄哄的人群中看清楚那个人的时候，我的面前出现的竟然是一个女人。一个人对我说："这人叫西施。"原来，被判处死刑的，是西施。西施为了娶女人而伪装成男人来比武，被人发现了，所以被判处死刑。

西施站在一棵柳树下面，她的面前是一片湖泊。她表情宁静，眼望远方。周围站满了人，大家用眼睛看她。

这就是行刑方式。

她要被活活看死?

西施实在是太漂亮了,真不忍心让她死啊!我只看了她一眼,就将目光挪开了。可是,我一直担心她,所以,就又看了她一眼。她依然在那里站着,可是这时候她浑身上下爬满了虫子,虫子在咬她。我突然明白了:人的眼睛是虫子,是可以吃人的。所以,直视就是一种行刑方式。

我哭起来。

西施依然很平静。

我看见,她身穿的拖地长裙上出现了一个又一个洞,那洞正在不断地扩大着,扩大着,就像被火烧着一样……

海马 3

在一个像是大坝的地方，这里有一个豁口，两个同事一左一右站在我身旁，他们从这个地方往下跳。靠左的那人很轻盈地跳了下去；右边的那人也跳下去了，他落地的时候，很稳，很有力，我看到他的脚大得如同一辆汽车，连我站立的地方都有震感。

凭我的功夫，我跳下去，应该比他们轻盈，应该有更漂亮的姿势。

他们一定在那里看着，所以，我要跳出一个很独特、很漂亮的动作给他们看。

跳。

一跳，我才知道，我的脚下不是空气而是水！天哪，这是……深渊！

这水，竟然没有浮力！

我的身体是那样沉，就像石头在坠落。坠落的时候，我的身体燃烧起来，我看见了水中的火苗。

不知道是不是触到了水底，我憋着一口气，扑腾着向上浮。这水，真的没有浮力，我只能靠我自己的力气，像爬山那样向上爬去。

终于，我浮出水面。我发现，刚才往下跳的那个地方是一个悬崖，那里长着两棵小树，有鸡蛋那么粗。我一手抓住一棵，奋力向上攀爬。

我看见爱人手里拿着手机，正在刷微信。我喊她，要她拉我一把，她说："我正在网上给你加力。"我看见她手机的屏幕上出现了一串数字：3000。我突然想起来，往这个地方来，是为了给一个朋友的岳母吊孝。当年，我母亲去世的时候，他们夫妇送了2000元，现在他们的母亲去世了，我应该多送一点，我心里想的，正好是3000元这个数字。好家伙，我爱人的手机是用来检测我心理的，我心里想的什么，她能通过手机看出来！

我蜷曲着身体，用尽全身力气，终于爬了上去。

大概是用力过猛，也可能是因为刚才在水里泡得太久，我的身体成了一只海马，状若一个巨大的3。原来，我就是海马3。

我用弯曲的尾鳍在地上蹦跳着，既悲伤又兴奋……

钵子里的诗歌

我的一位同事向我借一首诗歌，说是要在一个朗诵会上用。我把一只白色的搪瓷钵子递给他，钵子里盛着一首诗歌。那首诗歌以米粒的形状浅浅地平铺在钵底里，也就是说，那首诗是一层盛在钵子里的米饭。

那位同事不懂诗歌，所以就用筷子在钵子里胡乱搅动。这一动，诗歌的排列顺序全乱了。他斜端着钵子，那些错乱的诗句就在钵子底部自上而下地滑动，我急忙用手去接，生怕诗句流到地上。我的同事笑起来："我这是在修改诗歌；这一改，就是另外一首诗，就等于是我创作的了，啊哈哈哈哈……"他一边笑着一边大幅度地摇晃钵子。

本来，我也是要参加朗诵会的，这首诗就是为这场朗诵会而写的；现在，他把我的诗歌修改了，连我也看不懂了，即使他把诗还给我，也已经没用了。于是，我就不得不赶紧构思另外一首诗。

一紧张，脑子里一片空白，没有一点灵感。

我朝那个钵子看了一眼，想从字里行间寻找一点诗的结构和意象。我什么也没有看懂，只是从散乱的米粒间看到了一片菠菜叶。我突然明白：原来，那首诗的主题与环保有关。

我的那位同事很警惕，大概是担心我会把那首诗偷走，于是就把钵子朝着远处的广场扔去。这大概就是他参加朗诵会的方式。

那广场是一个土坡，而钵子竟然可以沿着坡面向上滚动！

当然，我也知道，那个钵子终究会从坡顶返回来。我站在那里，静静地，满怀期待地，等着……

落 单

跟着那些人从一个深宅大院里往外走，我是在参加一个笔会，跟我一起的都是大人物。这群人有一搭没一搭地说着话，其中有一个大胖子，一边大步走着一边从嘴里飞快地往外掏着打印纸——他以这样的方式发表自己的见解。看不清纸上印的是什么，但感觉那些见解很高深。

闪身来到一个地方，这里停着一列火车。

我跟在一个人的身后，往一个车厢走去。车门只有指头那么宽，到了跟前，车门突然闪开一些，带着强劲的吸引力，吸着人往里去，就像有人在里头拉着一样。我知道，这是车上的一个软件系统在起作用，是一种商业操作。上去之后，才发现这火车是上下两层，我跟着那人上到了火车的上层。上层只有最后的那一排有两个座位，不大，感觉不舒服。我往下层看了一眼，发现那里有一张大床，铺着软垫子，我就起身往那里去。

本来是沿着梯子往下走着，不知怎么就来到了一个草坪上。我这才发现，这火车的两层并不相通。我在草坪上手忙脚乱地收拾东西，不断地翻着身上的背包。我看见，火车上有一个女人在看着我，很焦急的样子。她是列车服务员，也是一个管理者。我知道大家都在等着我，所以就很慌乱。我在穿袜子，越紧张越是穿不上，袜子在我头顶靠前的地方飘着，脚却够不着。不知道最后是不是穿上了袜子，我走到火车跟前，把身上的背包扔进车里去，这表明，我已经检票上车。

这时候，一摸身上，发现我的手机不见了！

我转身朝草坪那里跑。草坪上只有一堆杂乱的衣服，却没有手机。我想不清楚手机是否落在火车上了，想问问火车上的人，几个熟人朝我微笑着，满脸神秘的表情，却并不说话。我决定上车。这时候，车门关上了，火车徐徐开动。我的一只手被卡在车门上，我只好跟着火车往前跑。

火车越跑越快，我只好把手缩回来。

望着远去的火车，我突然迷茫起来：这是什么地方？没有手机，我没法跟其他人联系。想问问这是哪里，四周没有一个人，我只好怔怔地站在旷野里。

报　案

　　感觉这是一座山，是在山顶上，却没有看到山，四周空旷而平坦。在一个坑的底部有一群小孩，都是我亲戚家的孩子，一个个流着鼻涕。我知道他们家里都很穷，他们想搞一场游戏，却没有钱。我对他们说："你们只管玩，我掏钱。"

　　来了一个人，看样子是负责收费的。我掏出一把东西，不是钱，而是一把像果脯一样的红颜色的中药材。我说："这就相当于钱。"那人接过去，笑笑，说："多了。"他像找零钱那样，在手心里排列着几粒中药，要返还给我。他让我数数，我说："数个啥呀，有多少算多少，无所谓。"旁边有人说："他这个东西可值钱啊！"

　　那两个人突然不见了。

　　我来到一个院子里，这才想起来：我到这里来是要参加一个活动，也就是参观一个展览。

　　我要追赶同行者，于是就急匆匆地从那个院子里往外冲。一不小心，我的身体撞上了一堵砖墙，胸口压在墙头上，下面是万丈深渊。妈呀，要是掉下去，一定会粉身碎骨！我赶紧抓住墙，往院子的方向跳，想跳回来。

就在我扶着墙往回跳的时候，手下的墙体突然开始倒塌。我赶紧双手托着墙体往上扶，没想到，这一扶，引发了四周墙体的震动，整个院墙被牵动了，哗哗地响着，在我手上快速摆动，就像是飓风中的一块巨型毛毯，又像是一条拼命挣扎的大鱼。我竭力地扶着倒塌的墙，越用力，墙的震动越严重。最后，整个院墙彻底倒塌了。

这可怎么办？

来了一群人，他们发现这墙是被我弄塌的，就嗷嗷叫着，不知道是在谴责我，还是在为我担心。有一个人从倒塌的墙体中露出头来，晃动着脑袋大声吆喝："张鲜明把墙弄倒了，张鲜明把墙弄倒了！"

四处都在传播这个消息。

闯下大祸了！

我想打电话报案，却不知道该报给谁。

正焦急呢，遇见一位女同事。此时，我们一起走在一个山谷里。她说："这个地方风水好啊。"我说："咋个好法？"她说："你看，从这里，你左脚可以登上右边的台阶，一扭身，呃，你就可以上到上面的台阶了，上几个台阶之后，前头的路就是平的，越走越宽，越走越直，多好啊！"我说："你还懂风水啊？"

她知道报警电话，并告诉我，那个接电话的人姓陈，叫陈当当。

"陈当当，陈当当……"我像唱歌一样不停地念叨着，生怕忘了。谁知道，念着念着，竟然念成了"唐嘟嘟"。我知道错了，就问那位女同事："你刚才说的那个人姓什么？"

她不搭理我，我就用一个书本朝她头顶轻轻地敲了一下，是提醒她。她扭过头，很不耐烦地说："是陈吭吭！"

哦，我记住了。

又一想，不对，应该是秦某某，他是一位大领导，应该打给他。

电话打通了，没想到，电话里突然传来一声震耳欲聋的轰响，像炸雷一样。对方是个女的，我说："听不清啊，我找……我找——秦——部长啊！"对方砰的一声把电话挂了。原来，打错了电话。

呃，有办法了——换个手机，也许就可以打通了。

我向女同事借手机，她要我提供我的人生信息密码，说打她的手机，必须提供这些信息才行。我已经忘记了我的人生信息密码，就胡乱地在手机上按着一些数字，外加一些英文字母。没想到，竟然一步一步顺利过关，进入到最后的程序。

我打通了电话，对方听上去是个中年男子，他说："我早就知道你把墙弄倒了，现在才说。"

我说："刚才只顾找你的电话呢，没有及时报告。"

感觉那人认识我，我却想不起他是谁。他说："你这次把墙弄倒了不少啊。"

我说："我是无意的啊。本来，我是想把墙扶起来的，没想到……"

他说："那你得赔偿啊。"

我说："赔就赔嘛。"

他说："那得好多万哩。"

我说："你就说个数吧。"

他说："上一次，你把墙弄了个洞，还没有说你的事儿呢，这次一块儿算吧。"

我说："可以。"

不知道究竟该拿多少钱，也许是很多很多吧。不管是多少，该掏钱就掏钱。不过，问题不会这么简单。我感到还有很麻烦的事情在等着，却不知道是什么，我只是觉得，要继续报案，报案！

人体骨骼标本

在一个像是小型会议室或是茶室的地方，我和我的一个替身与另外几个人在商议一件事情：把我和我的替身制作成人体骨骼标本。

制作工艺很简单，只需把我（也许是我的替身）蒸熟了，骨头，包括脆骨，就自然地成了标本。我在一旁站着，没有看到剔除皮肉的过程，皮肉似乎是自动消失的，整个制作过程一瞬间就完成了——动了这个念头之后就完成了。

第一个标本制作完成之后，它只能坐着或是站着，却不会动，白花花的，像个灯架。我看着这个标本，感觉不是太满意，不知道拿它怎么办。一个意念说：第一次搞这个嘛，算是试验品。

第二个标本，也是瞬间就完成了。我伸手在标本的头部摸了一下，也就是为它安装一个叫"嘎唔"的东西。"嘎唔"就是"灵魂电极"，它发着蓝光，是我从未见过的那种晶莹的蓝。这个骨骼标本似乎是得到了某种暗示，在我面前走动起来，明显地带着表演的意味。一开始，它像机器人那样走着，显得不太灵活，走了几步之后就很自如了，甚至来了个舞蹈动作。我知道，它这是在提醒我：它已经独立于我之外，与我没有任何关系了。

我突然明白过来：既然我和我的替身都被制成了人体骨骼标本，那么，现在的"我"又是谁，又是什么样子？

想跟人讨论一下这个问题，跟我一起制作标本的那些人都不见了。看起来，刚才的那个事情，其实是一场阴谋。

在刚才制作标本的那个地方，出现了一堆破衣服。仔细一看，是一堆人皮。我突然难过起来，这是我的皮啊！我想把它披到身上，突然，这一堆人皮像流动的鼻涕那样在地上蠕动起来。原来，这里头包着我的脑子，是脑子在动。

不知道该怎么办，我在一旁怔怔地看着……

宇宙擦

感觉有两团东西在虚空中悬着，是柱形絮状物，像水中漂浮的青绵，若有若无。

我知道这东西很厉害——它是宇宙擦，用来清洗宇宙。

这东西是被意念控制着的，它们正在清洗宇宙。当我看到它们的时候，这两团东西正在运动，一个向左，一个向右，一会儿分开，一会儿合体。当它们运动的时候，并没有发现周围有什么物质在消失，但我感到，某些看不见却可以感觉到的东西正在进入那两团东西中的一个，但进入的是哪一个，却不能确定。

当时，我站在一个土岗上，我的身体随着那两团东西的运动而晃动着——我只要晃动着，就能与它们发生关系。

突然，那两团东西中的一个消失了，剩下的那一个却高速旋转起来。它变得肥大。

有大事要发生了！

可能是一场爆炸！

我缩着脖子，朝四周窥看。等了好一会儿，什么也没有发生。

有一个意念说：它们在进行转换。

我明白了：原来，那团消失了的东西就是"无"，那团旋转着的东西就是"有"；是"无"进入并带动了"有"，两者相互转化，这就是宇宙的清洗方式。

艾乂

有一个声音在看不见的地方响着:"艾乂,艾乂……"

我跟几个人一起走在一个广场上。这广场是一个盆地变成的,它忽大忽小,一会儿我能看见它的边缘,一会儿又看不见了,"艾乂艾乂"的声音就是它发出来的。我知道这声音的意思是:这个地方叫艾乂县。这个忽大忽小的盆地肯定知道我是前来采访的,所以就故意发出这声音,为的是让我记住这个地名。

为了采访得深入一些,我跟一个人说,我需要到一个人家获取细节。

我的哥哥带着我来到一个人家。我们坐在客厅里,屋里堆满了家具,显得有些幽暗。哥哥显然跟这个人家很熟,他和这家的一个中年男人坐在茶几旁边头对头低声说话,而我则坐在靠门口的一个小凳子上。我的左手边是一间卧室,卧室的门关着,里头不时地发出"咯噔咯噔"的声音,像是一个人在挣扎,或者是在挪动东西,又好像是牙齿磕碰的声音。从哥哥和那人的谈话中我听出来,这卧室里住着这家主人的父亲,他已经死了,却一直在里面住着。那位老人虽说已经是一具僵尸,却依然管理着这个家，他什么都知道，并且随时可以传达他的意见和指令。哥哥的谈话与这具僵尸有关，也就是在采访他。从哥哥的态度看，那死者是一个很有身份的人。

我感到恐惧，就悄悄地起身，朝客厅的里头，也就是靠阳台的那个地方挪了挪。那里有一张长沙发，我躺在沙发上。

这时候，卧室的门"吱"地一声响，僵尸从里头出来了。这是一个高个子老年人，头发灰白，身体僵直，瘦得如同骷髅。他像木偶那样直直地往前走，走到我哥哥背后，一只手紧紧地抓住我哥哥的右肩膀，尖利的手指像刀子那样深入到他的皮肉里。哥哥大概是为了挣脱他，指着我，对那僵尸小声说："他没有睡着，没有睡着。"

僵尸朝我挪过来。

为了麻痹僵尸，我斜躺在沙发上，紧紧地闭着眼佯装睡着了。我感到那僵尸已经走到我跟前，我闭着眼不敢看他。他突然朝着我的右胯狠狠地咬下来，他的嘴巴是那么大，竟然一口咬掉了我的整个右胯。我拼命地吆喝起来……

被灵魂绊倒

我和一群人抬着一个人的身体去往某个地方，隐约觉得，我们抬着的是我的身体。我们要去的那个地方在左前方，那里黑黢黢的。

眼看就要到那个地方了，我们突然来了个急转弯。由于转弯太急，我们撞上了一个东西，并被它重重地绊倒，我们与那个东西扭作一团。那个东西是一个柱状物，乳白色，软软的，比一般人都高，大概有两米多高，能够像人那样走动。我感觉到，这是我的灵魂。我还感觉到，是这个东西挡在那里，它是故意冲上来撞我们的。

当我从地上爬起来的时候，已经与刚才抬着的那个身体融为一体。与我一起的那些人都不见了，我感觉他们是进入左前方那个黑暗的地方去了。我站在那里，怔怔地看着。

车　祸

　　左侧是山坡，右侧是悬崖，悬崖下面是深渊。我坐在一辆卡车上，开车的是我的爱人，车行进在山坡上。这山坡明显地向着悬崖倾斜，高低不平的地面布满尖锐的石块。

　　前头的山坡倾斜得更厉害了，水光从深渊处幽微地泛上来，隐约可闻轰隆轰隆的水声，像是某种凶猛的动物在低吼。本来，有一个地方比较宽敞，是可以停车的，我对我的爱人大声吆喝着想让她停下，可是她不听，依然开着卡车摇摇晃晃地向那斜坡而去。

　　卡车摇晃得更厉害了。这时候，卡车已经开到了最窄也最倾斜的地方。突然，车身一阵剧烈的晃动，要翻车了！我一个鹞子翻身，从左侧跳下车来；就在这一瞬间，卡车翻向右侧，掉下深渊，我听见一声巨大的轰响。

　　"我的天呀！出车祸啦，出车祸啦！"我匍匐在地，哭着，大声吆喝着，并掏出手机报警。我的手在发抖，手指在手机上胡乱地点着，114，110，120，119，不停地点着。终于，电话打通了，是一个女人的声音："已经知道了，正在实施救援。"

远远地看见深渊上漂浮着一些东西，是衣物，我知道，我的爱人已经不行了，车上还有其他人啊！我疯狂地拍打着地面，大哭。一转眼，看见我的爱人躺在我面前，她闭着眼，天蓝色的衣服竟然是干的！她衣服上的花纹是荡漾的涟漪的图案，这说明，她刚才真的是掉进了深渊。

她还活着！

天啊，这是真的吗？我突然想起来，刚才接听我电话的那个女人曾用一种无声的话语对我说，救援队有一种新设备，可以像网兜那样把整个水面提起来。我还以为是为了安慰我才这么说的，现在看来，真的有这种设备。

我的爱人还活着。唉，真是万幸，真是万幸！我像旋风那样围绕着她奔跑起来。

周围有一些人，他们三三两两地在议论着，话题是我是否应该跳车。

那一刻，我是否应该跳车呢？我想不明白，而且感到有些羞愧，就只好在原地打转，我是想以此来分散人们的注意力。这时候，我的面前出现了两个一模一样的人，是两个白脸的中年男人，他们相向而坐，就像一个人对着镜子。我突然明白过来：他俩其实是一个人，是来提取答案的；这人之所以以两个人的形态出现，是想证明他是公正的。原来，我置身于一个考场，刚才的车祸其实是条件作文中一个模拟的情景，试题就是我是否应该跳车。

我不知道如何答题，但毕竟刚才的一切只是一场虚惊，这就很好。于是，我举起右臂大声吆喝："很好！很好！很好！"这是我的答题方式。

垂直行走

我被要求到远方去。那个指令规定，我只能原地行走，也就是踏步走。

这怎么算是行走？这样走，我怎么可能到达远方？

这时候，我的面前出现了一根竖立的木杆。我明白了：我的路，其实就是一根木杆，它同时用来丈量我行走的距离。我尝试着在原地用力地踏步。果然，随着踏步的节奏，那木杆开始有节奏地上升，上升。这就是垂直行走。

许多人在围观。我兴奋起来，脚步越来越快越来越快，那木杆也就越来越高越来越高。

我想回头看看走了多远，我发现自己坐在木杆的顶端，四周是缥缈的云朵。我已经走得太远，我回不去了。我惊叫起来。

也许是我的叫声发挥了作用，那木杆突然折倒，木杆顶端向着大地弯折过去。我恍然大悟：所谓远方，其实就是大地深处。

我拼命地踏步，踏步……

蛋国旅行记

　　突然想起一个老朋友，我们很多年没有见面了，也没有联系过，不知道他现在的情况怎样，我给他打了个电话，想问候问候他。电话通了，那个朋友说："你来吧。"

　　我在电话上问他："你在哪里，在郑州，还是外地？"

　　电话那边犹豫了一下，说："来了你就知道了。"

　　往他家去的时候，远远地看见——或者说是感觉到——前面有一座山。走着走着，我的面前出现了一堵石头墙，正想着怎样绕过去，突然起风了。风中弥漫着树叶和树的果实、花粉之类的东西，这风是黄绿色的，风中的花粉像拳头那么大。风大得出奇，就像一股洪流在冲击着我。眼看我就要被风吹到那石头墙的左边，我用尽力气推着墙一点一点朝右侧挪动。总算挪到了墙的右侧，忽悠一下，我就到了他家。原来，那石头墙其实就是他家的门禁，这是一种现代化的安保措施。

　　感觉这个地方不是他原来的家，这是一座别墅，比一般的别墅大；从造型上看，有点像缩小了的运动场。我的那位朋友坐在沙发上，朝我亲切地微笑着。他还是原来的样子，只是脑袋明显地变小了，使他看上去就像是一头食蚁兽。我知道，这是他退休的缘故——退休的人，脑袋都会变小的。

他亲切的笑容里，含着居高临下的矜持。他就是这个样子，他是高级领导干部，是一个严肃而严谨的人。我俩说着话。其实是在重复从前说过的那些话，他还问到我写作的情况。正说得高兴，他突然叹了口气。他叹气的声音就像是皮球在泄气，低沉、压抑，丝丝缕缕的。我抬头看他，他的脸上布满了蜘蛛网一样暗灰色的皱纹，看上去就像是戴着一个橘子皮制作的面具。

院子里传来脚步声和话语声。原来，这里有许多人，有他的家人，还有一些陌生人。这些人的身影若明若暗，时而是人，时而是影子。我认出其中一位，我记得他已经投案了，怎么会出现在这里呢？正疑惑呢，看见那些人每人手里都拿着一枚像鸵鸟蛋那么大的蛋。原来，这里正在进行一场艺术比赛。我朋友手里也拿着一枚蛋，比其他人手里的都大，却不完整，看上去很像碎碟。那蛋上画着一些图案，生硬、幼稚、缺乏美感。这是他画的。这些年，他就是以画"蛋画"来打发时光。

朋友的话明显地少了，他低头专心致志地摸着手里的蛋，像是在构思，又像是在冥想。一看表，快到中午十二点了，我起身要走。朋友起身相送，走到门口的时候，他被脚下的一口皮箱绊了个趔趄。这是一口棕色皮箱，一边是直的，一边呈弧形，质地很好，一看就知道它来历不凡。从他被绊的情况看，这箱子很重。

这时候，他老婆出现了，对我说："本来，完全应该是他来背的；如果是他背就没事儿了，他却让秘书背。这不，不是出事了吗？这成了证据。"他恶狠狠地白了老婆一眼，大声说："我是领导干部，背着这个箱子出门，成什么样子？"他的语气是下沉的，充满了无奈。

我这才知道，他出事了。他已经出逃，这是在另外一个国家。

我继续往外走，朋友的老婆跟了出来。我们沿着一条走廊走着，她低声对我说："他现在的心情很不好，天天打我。"我不知道该说什么才好，她接着说，"你找人替他说说情。"她说话的时候，表情可怜巴巴的，不再是从前当领导干部时候的样子，而完全像是一个可怜的村妇。

朋友站在他家院子里望着我和他老婆，用一种无声的话语——也就是用意念——跟我说："这是在越南以南，这个地方叫蛋国。"这话有点像暗语。我知道，他是想告诉我，如果我有了营救他的办法，就到这里来找他。

倒 立

　　眼前是一条河，河面不宽，说它是沟也行。在河岸上，我跟某个人一起走着。我感觉是走在河的左岸，不知道怎么回事，走着走着却走到了河的右岸。

　　我想回到左岸去。这时候，河水以很快的速度上涨。我用一根木头杆子——也许是竹竿或者是其它什么东西——撑起身体，高高地跳起来，从河道最宽的地方跳过去。

　　在河的左岸，我扭身朝河里望去，河床的水底有一双清晰的脚印，说明我刚才是从那里起跳的；它至少证明，我的脚曾在那里停留过。这时候的河床，在我眼前急速地变宽，显得无边无际。这么宽的河流，我是怎么跳过来的呢？我感到吃惊。

　　更让我吃惊的是，我的身份发生了巨大的变化。这种变化其实只是一种感觉：我已经不是原来的我了。而原来的那个我与现在的这个我差别在哪里，却是说不清的。我只是觉得，现在的我与原来的那个我完全是两个人。我知道，这种变化是河岸造成的。我的心情沉重起来，我的身体随即开始弯折，就像是一个人弯腰抱着一块大石头。

我的一个当官的朋友跟我在一起，他什么也没有说，我却能感受到他的意思：你没有必要冒这么大的风险。你从对岸跳过来只是为了好玩，这是不值得的。你看你，已经回不去了。

恍惚间，我跟一群诗人一起走在河床上。河床上有一些鹅卵石，还有一些死鱼。这些死鱼以化石的形式存在，却浑身散发出浓重的腥气。我知道，死鱼是在以这样的气味，努力地证明自己不是石头而是鱼。

这时候，河岸上开过来一列小火车，那个叫王胡子的老乡在上头坐着。看见他，我很高兴，就举起双手很响地鼓掌。他也看见了我，笑着跟我打招呼。从他的表情看，他刚刚在一场赌博中赢了，赢得很大。那小火车依然在飞驰，我却始终在跟王胡子说着话，这说明我所在的河床也是在飞驰着的。就在我俩说话的时候，跟我一起的一位诗人冲王胡子挥着双手，大幅度地比画着。他是在以这样的方式表达对王胡子赢钱这件事的不满，在对他进行嘲讽。

我的面前出现了一架火箭那么大的鱼骨。这是一架完整的鱼骨，鱼头朝着天空，尾巴支撑在地。这个动作的意思是：这是一条倒立的鱼。

倒立，是这架鱼骨想要表达的主题。它是故意的。

我感到，它的这种姿势与我有很深的关系。哦，我想起来了：我是吃过鱼的，是从尾巴开始吃起的，我的这种吃法造成了鱼骨目前的姿态。当然，也许恰恰相反：我没有吃这条鱼，而是鱼自己选择了倒立的姿势。如果说这架鱼骨的姿态与我有关系，大概是因为我行走在这河床上，无意中踩住了鱼的尾巴——那是一个机关，这机关一旦被踩踏，鱼骨就会头朝上弹起来。不管是什么原因，有一点是可以确定的：从力学的原理看，那鱼骨是倒立着的。

我明白了：原来，我置身于一个博物馆里。我刚才所看到的那一切，其实是某个陈列展的一部分。这博物馆是一个装置，它要表达的主题是：世界的本质与秩序。

狗 烹

　　我家的狗被杀了。没有见到杀狗的过程，也不知道是谁杀的，但感觉这狗的被杀与我母亲有关。我看见这狗的时候，它已经被剥了皮，像木凳那样四条腿支撑着，很完整地站在一个巨大的盘子里。

　　我端了一盆水，朝着狗慢慢地淋下去，狗"轰"地一声燃烧起来。着了一阵子，我觉得差不多了，就又端起一盆水用力地泼过去，这一泼，狗身上的火就灭了。我俯身看看，狗已经变成酱黑色，显然是烧烤造成的。我觉得仅仅一次烧烤不一定能烧熟，就再次用水在狗的身上慢慢地淋着，它又"轰"地一声燃烧起来。这是一次成功的实验：只要轻轻淋水，狗就会燃烧；如果用力泼水，狗身上的火就灭了。等到第三次燃烧之后，我觉得可以吃了，就从狗腿上撕下一块肉来。这肉，粉嫩粉嫩的，感觉就像是烧熟的青蛙肉，但显得比较油腻。尝了尝，有浓重的调料味儿。显然，在烧烤之前，我母亲已经在狗的身上涂抹了盐巴和调料。

　　母亲就在我身边，我撕下一块狗肉给她。狗肉已经凉了，我担心母亲吃下去之后会不舒服。母亲接过狗肉，却没有吃，她只是朝狗的身上深深地瞥了一眼。通过她的眼神，我知道她很清楚这块肉是从狗的哪个部位撕下来的——她深谙解剖之道。

我蹲在地上看着被烧烤过的狗，有一种发现的快感：狗可以被制作成一只随时点燃又随时灭掉的灯盏，需要吃的时候，用水慢慢地淋一下，让它烧起来，也就是加热一下；不吃的时候，就用水浇灭。这是一项高新技术。

突然看见在我家的院子里，有一条狗摇晃着尾巴栩栩如生地走过来走过去，却又感觉这狗是一个影子，就像是在皮影戏中看到的那样。啊，狗的灵魂出现了！

这是我家的狗，这是我家的狗！这条狗，是我的朋友，天天跟着我，与我形影不离，可是我却把它吃了！

我难过起来，嘴里充满腥臭的味道……

鹤鸣九皋

跟一群人一起吃饭，我请客。吃过饭之后去结账，账单上写着三组数字：56789元，6789元，1789元。怎么会吃了5万多元呢？而且是三组不同的数字！我的身边站着几个大汉，都是饭店的人，一个个满脸横肉，吹胡子瞪眼，看样子不结账是不行的。

我接过账单去收银台结账，发现收银台设在一个山头上，收银台下方是一个地下室。我站立的地方，正好与地下室的窗户齐平。那里乱哄哄的，许多人挤在一起，不是开会，也不是喝茶，而是在密谋一些危险的事情。我感到腰间的挎包被人触碰了一下，是一个黑脸膛的老年男人伸手要偷我的钱。我把挎包往一边拉了拉，他没得逞。我看了他一眼，是在警告他，而那个老男人毫无惧色，竟然以一种威胁的眼神瞪着我。从他的表情看，他会继续行窃。

我大声地警告他："你要干什么？！"

我这么一吆喝，地下室里坐着的那些人中间猛然站出三个青年男子，他们把手从人群中伸向我，公然要抢我的钱包。幸亏我的挎包很大，就像一个帆布帐篷，并且可以自动伸缩，他们就没有得逞。我摸了摸钱包，硬硬的，还在。

我期望收银台那里快点结账，好尽快离开这里。但问题是，究竟是按哪个数目结呢？这时候，出现了一个穿黑色西服的中年男子，他没有说话，只是指了指账单上的那个 1789，我知道他的意思是可以按照这个数目结账。我的心里猛然轻松，顺手从钱包里摸出一叠钱，一张一张地数着。就在这时候，地下室的那些人纷纷向我拥过来，我一紧张，手里的钱就像风中的树叶那样疯狂地舞动起来，怎么数也数不清。

一个男孩走过来，用银行卡在收银台的机器上刷了一下，转身就走了。我羡慕地看着他，觉得自己老了。你看，都到了这个年代，我却依然习惯用现金支付。

这么念叨着，我来到一个地方，是湖边。这里绿草满地，波光潋滟，一个女子正以一种古典舞蹈的动作很优雅地倒茶。这时候，她的身边出现了一个胖脸女子，倒茶的女子对她说："你怎么来了？"胖脸女子的脸红了半边，嗫嚅着："我……我……只是觉得，这个世界太……"我知道，那个胖脸女子是个背叛者，现在她悔改了。倒茶的女子没有再说什么，接着往一盏一盏茶杯里斟水。

突然，从那一盏一盏茶杯里直直地冒出一股一股白烟，直冲蓝天。这些白烟发出白鹤的鸣叫，一声，一声。

一个声音在看不见的地方响起来："鹤鸣九皋，鹤鸣九皋……"

葫芦军队

原野上黑雾茫茫。这个地方叫熊野。

两支军队在这里集结完毕。前方那支军队在山上，从我所处的位置看，就像是在云彩上。他们黑压压一大片，就像一片森林，一个声音说："他们是尧舜禹。"

身边有一个人，白脸，瘦高，他曾经是我的领导，此时他很夸张地眨巴着眼睛，问我："尧舜禹是谁？他是哪个部门的？"我想笑，却不敢笑，忍不住轰地一声放了个屁。这屁，像手榴弹爆炸一样响，把我吓了一跳。怎么会这么响呢？我赶紧捂住屁股。本来，我是夹着屁眼儿，打算轻轻地、一丝一丝地放的，却没有控制好，竟然放得这么响。我紧张而羞愧。

更出乎意料的是，这个屁竟然惊动了我身边的军队。

我这才注意到，我身边这支军队是兵马俑，每个战士除了身穿盔甲、佩带弓箭之外，腰间还别着一只葫芦。这大概就是著名的"葫芦军队"吧。此时，原先在地上僵硬地站立着的兵马俑，仿佛得到了指令，噼噼啪啪地响起来，脸上和身上的磁片开始迸溅。爆裂声从第一排第一个士兵开始响起，就像报数一样，一个一个、一排一排依次响下去，就像是被点燃的鞭炮那样，速度极快。几乎就在这一瞬间，那些兵马俑活了过来。活过来的兵马俑在地上蹦跳着，齐声吆喝："我饿！我饿！我饿！"

这是动员令还是口令？看样子，冲锋就要开始了。

突然，队列大乱，这支原本井然有序的军队，此时却像被惊扰的蜂群那样骚动起来。

这是怎么回事？

天啊，是葫芦在吃人！

那些别在兵马俑腰间的葫芦突然挣脱并开始吃人，吃各自的主人。这个过程太快，还没等我反应过来，原先那支军队就消失了，地上横七竖八全是葫芦，有的葫芦嗑着人头，有的葫芦嗑着人腿。

一转眼，这些葫芦已经排列整齐，形成完整的阵列。

这时候，葫芦阵列脚下的土路开始崩塌，葫芦们像飞艇那样向前运动。原来，这是"葫芦军队"的战斗方式。

战争开始了。

皮夹子里的感叹号

　　我走在一条街道上，感觉这是老上海的街道，光线幽暗，老旧的房子和里弄透出时尚的味道。我去拜见一位诗人，感觉是快到了，突然忘记了他的门牌号。迎面碰见一个女孩，我说出那位诗人的名字，向她打听诗人的住址，那女孩满脸惊讶的表情，意思是：你怎么认识他？她指了指街道右侧的一个门洞，门洞上方有一盏霓虹灯，亮堂堂的，显示的是"101"这几个数字。我正要走进去，那女孩说了一句："他住在皮夹子里。"

　　一闪身，我来到一个像是运动场的巨大空间。这个空间是方形的，像是平放着的书本，四角各有一根巨型钢柱，顶部被这些柱子支撑着，没有墙。莫非这就是"皮夹子"？我站在红木台阶上往下看，那场地正中间是白石灰画出来的一个巨大的"口"字。这"口"字里头，在靠门口的方向，也就是靠着我站立的这个方向，有一个白色圆圈。我突然明白了：这就是"101"——你看，那"口"的四边不都是"1"吗？当"口"字里头有了这个圆圈，上下左右怎么看都是"101"。不愧是个诗人，连门牌号也这么有创意！我暗自惊叹，同时也为我的这个发现而兴奋不已——我破译了他的密码！对于一个诗人来说，破译了他的密码，就掌握了他全部的写作技巧。

那个诗人肥胖的大脸在我眼前浮现了几秒钟，他眨眨眼，怪笑了一下。他这是在用 AR 技术跟我打招呼。他用意念跟我说："我正忙着，在进行诗歌培训。"原来，他就是那个白色的"口"字里头正在转动的圆圈。那圆圈是由一个一个白色花瓣组成的，每个花瓣都是他的一副面孔，每副面孔都是他诗歌的一个意象。

这时候，我发现在那"口"字中间，有一个一个白点在进行有规律的运动。定睛细看，那是一个一个小人儿，这大概就是那些前来接受培训的人吧。这些走动的小人儿连接成一个一头大一头小的垒球棒那样的形状，小的一头正好与那个白色圆圈相对，构成一个惊叹号。这惊叹号的两个部分以相同的节奏转动，就像是一个轮子带动着传动带。这是一种巧妙的结构：在一个转动周期里，每一个白点（也就是每个小人儿）只能与一个花瓣（也就是诗人的一副面孔）相遇，到了下一个周期，这个白点相遇的将是另外一个花瓣，也就是诗人另外一副面孔和另一种意象。我知道，其中的原理是：诗歌是多义的。这是本次培训的主题。

我看出了其中的门道，就想跟那个诗人开个玩笑，于是就大喝一声："我知道啦，散会！"

我的叫声变成了风，很大的风。场子里的惊叹号被风一点一点地吹散，在空中形成一个一个小的惊叹号，飞得满天都是。

水抱着水

我看见，或者说是感觉到，有一条小河出现在我面前，它一头大一头小，像沙洲，像船，又像是树叶，蓝灰色。

我就在这河上。

这样的东西，怎么会是河呢？

我正在疑惑，又看到，或者说是感觉到，这条小河被一条大河抱着，就像是大人抱着小孩。大河显现出翡翠般晶亮的绿，这颜色流露出它此时的心情。

这两条河各怀心事：小河在努力保持自己的想法和姿态，而大河则紧紧地拥抱并抚摸小河。

这两条河在同一条河床上，也就是水抱着水。之所以能看出这是两条河，是因为它们各自保持着自己的颜色，从不混淆。

我用力看着，想找到那条大河的手臂并研究水的拥抱方式，最终却没看到那手臂，也没弄明白它们的拥抱方式。

伪　画

大厅里挂着一幅画，像是水粉画，画的是几根树枝和一些凌乱的线条。这幅画从构图到色彩都给人一种虚假和浅薄的感觉，实在看不出有什么好，可是成群的人围着这画乱哄哄地打转，是在膜拜。看起来，人们对于这幅画充满了敬畏。只有我知道，这种敬畏感是人为地制造出来的，为的是促销。空气中弥漫着诡秘而虚假的气氛，大家都知道这画是假的，是假托某个名人的伪作，却都在演戏。连那幅画也显得不好意思起来，它情不自禁地打起卷来，抖抖索索地缩着身子，表明它既羞愧又胆怯。

突然看见我的爱人，她被一群黑衣人围在中间。这些人像一群鬼魅，以极快的速度来回闪动，以至于看不清他们的脸。他们簇拥着我的爱人来到这幅画跟前，争着指给她看。我从人群中发现了几个熟人，有一个著名画家，还有一个著名摄影家，他们的手臂在空中挥舞着，就像狂风中的树枝。他们是在动员我爱人买下这幅画，我爱人基本上已经答应了，这将是一笔很大的交易。

我大恼，冲上去，对我爱人大吼："这是什么东西！

一，钱，不，值！"

一个二十来岁的白脸小伙子突然来到我面前，拦住我，号啕大哭，他的动作很夸张，大幅度地摇摆手臂，像是作揖，又像是在跳一种古怪的舞蹈，他是想抓住我，与我纠缠。知道他就是这幅画的作者，也知道他很有背景，我却装作什么也不知道。旁边有人对我说："你看你，你看你！"几个老朋友也很生气，朝我瞪眼，却没好意思对我说什么，他们鬼鬼祟祟地躲到一个角落里，在商量什么。

把那桩生意给搅黄了，我的目的也就达到了。为了脱身，我随口对那个年轻人说："我不知道是你画的。其实，这幅画嘛，这幅画嘛，啊，那个……那个……"

我已经不适合继续在这里待下去，就一个人走了。我大步走向一个像巨大的厂房那样的空间，在门口，迎面遇见我的两位领导，他们昂首阔步地走出来，没有跟我打招呼，只是冲我翘了翘下巴，笑了一下。这时候，我突然想起来，我是来参加一个会议。

我来到会议室门口，朝里头瞥了一眼，看见桌子上横七竖八地放着一些座签，却没有我的名字。原来，这里要召开一个品鉴会。这是一个促销活动，这个活动与刚才那拨人有关，是他们策划的，所以就没有邀请我。

我绕过那个会场一直往前走，眨眼间来到旷野上。

这地方有一道沙丘，沙丘下面是一条沟，感觉这里就是我的办公室，沙丘是我的办公桌。一些虚拟的黑色树木在我身后排列着，起屏风的作用。

起风了，飞沙走石。

在这样的地方上班，没有什么事情可干，况且天气也不好，还不如回家读读书呢。这么想着，我就开始往回走。

记得来的时候，在一个地方拐了个弯儿，为了记住道路，我在那里做了个记号，现在却怎么也找不到那个记号了。正焦急呢，突然遇见两个同事，他们开着一辆敞篷吉普，说是正在赶赴一个会议。我正要搭他们的车，突然发现这两个人和吉普车都是假的，它们其实是一幅绘画作品，这幅作品被人收购了，是这幅作品自己走在送货的途中。

风，更大了，眼前一片昏暗。

星光！星光！

从一个村庄里出来，天一下子黑了，我感觉自己走在一个被黑纱笼罩的灯罩里。

我是被那里的人驱逐出来的；不对，是我自己要出走——那里遍地都是垃圾和蛇，我受不了，就一个人走出来了。我要寻找一条大江。

脚下是一条土路。这路，似乎是朝着北方，又似乎是朝着南方，我已经不能辨识方向。

感觉身后有什么人，我朝身后瞥了一眼，果然看见右后方有一个人在不远不近地跟着我。感觉那是一个人，却看不见他的身体，只看见一丛摇曳的星星像一堆旋转飘动的萤火虫在高处亮着，这是那人的头发，他是带着星光来的。细看，那人是有身体的，他的身体很稀薄，是半透明的，与夜色融为一体，所以不仔细看是看不出来的。那人给我的感觉是，他不放心我，是特意来看护我的。

眼前是一个陡坡，爬上这个陡坡也就到了江边。我还没有爬上坡顶，就突然看见了那条江。只见江心有一个长条状沙洲，江面波光明灭，感觉那江水很深，黑暗的江面在剧烈地起伏和涌动，那是一些说不清的东西在运动。

一个声音说："过了这条江，你就再也回不来了。"

我突然明白：眼前这条江，其实是一条黑白相间的细线。这是一条不可逾越的边界。

那话是真的。

我反身往回走。

那个头戴星光的人依然在离我不远的地方，有时候像是在跟着我，有时候又像是在前头等着我。

我朝那人走去。两边的山峦跟着我，它们用意念对我说："写写我们，写写我们。"

感觉离那人已经很近了，他突然闪开，像是为我让路。我看见那人身体的右侧，正在冒出一根虚拟的竹笋。这是一个按钮，这按钮连接大地。按下它，大地之门就会打开。

我站在那里，等待此后的结果，就像等待一个裁决。

没看见那人的手，也不知道那按钮是否被按下，我突然感到自己被什么东西托着向上飞起来，朝着星光飞去……

星光！星光！

找　碗

　　跟一群诗人一起参加一个活动，活动结束了，大家去吃饭。我因为一件什么事情耽误了一些时间，等我忙过之后发现身边已经没人了。我奔跑着寻找同伴，一转身，来到一个像是大院又像是街道的地方，这里闹哄哄的，原来是那些人在吃饭，而且即将饭毕。

　　感觉这是一个高级自助餐厅，像是一个集市，通天彻地摆放着各色各样数不清的食品。一个身着黑色晚礼服的女人走过来，介绍着饭菜，让我自己挑选，她说："吃什么都可以，但只能用你最合适的碗。"

　　我开始找碗。我发现，在这里吃饭的人手里都端着一模一样的碗，这碗很大，就像是大号盆子，是陶瓷的，里头能装很多东西。无边无际的碗柜里放着各式各样的碗，可就是没有一只让我感到满意。那黑衣女人走过来，东西南北地比画着，是在帮我找碗，也是在教我找碗的方法。她的动作太快，手是虚的，我看不明白，不知道她指的是哪个地方、哪种碗。周围的气氛变得诡异。

　　可能是为了找碗，也可能是因为其他原因，我跟人一起乘坐电梯到楼上去。这电梯是巨型吊车的吊臂，中

间有一个凹槽，我就站在凹槽里。电梯越升越高并开始
摇晃，我站立不稳，头晕，就躺在那凹槽里。最后，总
算是上到了楼上。这地方很高，像是悬在天上，但看上
去却是明清时期的街道，一座一座木头房子，灰暗，陈旧。
我走进一个房间，在临窗的地方来回走动，继续寻找我
认为合适的碗。

人们吃完了饭，在那里开心地说笑，而我却依然在
找碗。

面前有许多碗，有的像花朵，有的像灯盏，可就是
没有一只让我觉得合适。

眼看别人都已经吃过饭，我焦急起来，就随手在一
个地方抓了一把，是煮熟的面条。我手捧面条，不知道
该怎么办。这时，我的爱人和一个老领导朝我迎面走来，
他们见我手捧面条，就很焦急，用眼神告诉我："必须
把面条放到碗里，而且得有一些卤或菜才行。"这个道
理我懂，关键是没有合适的碗。

走过来一个疯女人，大概不到三十岁，胖胖的，穿
着紧身衣，脊梁上背着一个竹篓，竹篓下方是孩子的两
条腿，一晃一晃的。那是个死孩子，她要把这死孩子带
到某个地方去。既然那孩子已经死了，腿怎么还会动
呢？这里面一定有问题。如果把这个问题解决了，就能
找到我想要的碗了。

钻　洞

面前是一个像碗口那么粗的孔，石孔，一些人站在石孔前等待从中通过。在这个时刻，这石孔就是进入人间的关口，石孔的那一端是一个美好的世界。眼前这些人，包括我，必须从这石孔里通过，是入关，也是某种必须经历的检验。

排在我前面的那个人开始进洞了，他的动作有示范作用，像是在进行演示，我和那些等待进洞的人在认真地观看。他先是把左手伸进孔口，然后把脑袋夹到腋下，脑袋就跟着进去了。我发现，这个石孔正好与那人的脑袋一般大。这说明，只要脑袋能进去，整个身体就可以进去。那人就这样无声地为我们进行示范。

轮到我了，我直接把脑袋伸进石孔。既然只要脑袋进去了身体就可以进去，我完全可以学习蚯蚓，用身体的蠕动来完成进洞的动作；没想到，我的脑袋卡在那个石孔中了。可能是我的脑袋尺寸太大——当然，也可能是这个石孔故意跟我过不去，突然变小了——反正，我是被卡在那里了。我想起前面那个人的示范动作——他是先把左臂伸进去的，也许那是一个启动开关的动作，我没有启动开关，也就是违背了操作规程。

我头戴石孔，就像是一个戴着高帽子的人。周围的人都瞪大眼睛愣愣地看着我，我大窘，却不知道该怎么办。这时候，我的眼睛有了透视力，看见地下有一条像龙那样的东西，感觉这是一个通道，通道的进口就是我头上戴着的石孔。原来，我可以设法进入这条地下通道；如果走得通，就可以抵达我要去的那个世界。

我这么想着，一恍惚就进入那个地下通道。突然，一个像房子那么大的石块挡在我面前，这是一个正方体石块，白色，微微带一点黄。一个意念说："你要想办法从这个石头中通过，这是龙骨。"啊，这是龙的身体，这条龙其实就是通往那个世界的秘密通道！可是，挡着我的是一块石头，我怎么才能通过呢？

我摸了摸脑袋，那个石孔还在，它竟然有点烫手！啊，我明白了：我头上戴着的，其实是一个钻头。

我浑身充满力量，连生殖器也挺了起来。我把高高挺起的生殖器朝下按了一下，没想到，这是一个按钮，我的身体猛地横在空中。啊，我是一台盾构机！我的身体高速旋转着，脑袋对准那个方形石头钻了起来。

　　没想到石头是那样地不经钻，轻轻一碰就碎了。于是，我的身体就像一枚钻地弹那样穿过一块一块石头呼呼地向前飞去。最后，砰的一声响，我的眼前一亮：啊，大海，大海！

被坐实的伪证

　　我为一个人帮忙，就是把他受贿的罪证转移到我身上。为此，我编造了一个行贿人员名单，列出了一张我个人的受贿清单。在那张受贿清单上，其中有一笔，一开始我写的是 137 万元，后来我换了一种颜色的笔在那个数字后面加了一个零，就变成了 1370 万元。

　　办案的人正在赶来，我必须逃跑。

　　在一条柏油路上，我看见一双深靿胶鞋，这胶鞋里面盛满了墨水，在来回走动。我知道，它是办案人员伪装的，里头的墨水是卷宗中的文字凝聚而成的，如果能够找到一片纸，墨水就可以立马还原成卷宗。走动的胶鞋，在寻找那片纸。

　　我躲过那双胶鞋，漫无目的地跑着。匆忙间，我看见一个既像房子又像地下室的空间，就闪身躲了进去。从这里向外看，看见有一些人影在晃动，我不能确定是否有人发现了我，心里惶惶的。我飞快地撕碎了那个行贿人员名单，把纸屑装到我的裤子兜里，把那份受贿清单塞进靠墙根的一堆书报中间。干完这些，我就回家了。

　　母亲趴在我家的窗户上，瞪大眼睛焦急地望着我。

她知道有人在抓我，并且知道我是冤枉的。她朝我比画着，意思是：你赶紧把那些伪证拿出来，证明自己是清白的。

我的那些所谓的"罪证"漏洞百出，虚假的性质显而易见，任何人看了都会觉得它是假的。可是，我要是不能出示那个伪证，我就会被定罪判刑，因为现在所有的人都知道是我受贿了——这个消息传播得沸沸扬扬。虽说那个伪造的行贿人员名单上的人都可以证明我是无辜的，但目前的情况是：那个名单被我销毁了，连纸屑也找不到了；更要命的是，我已经完全忘记了那些人的名字。眼下唯一的办法是，找回那个伪造的受贿清单。

我开车去到那个藏匿清单的地方，那房子的一面墙被扒掉了；而被扒掉的，恰好是我藏匿清单的那面墙！扒房子的是我表哥——突然想起来了，我就是为他做伪证的。我问他："扒房子的时候，见没见到一张写着字的纸片？"他一脸茫然，回答："没有。"他还说，靠墙放着的那一堆烂纸是被人用铲车拉走的，那些东西与砖头和泥土混到一块儿了，他需要找一找，看能不能找到。他说着，诡秘地笑了笑。

我寻找纸片的动静搞得太大，有人在暗中大力地传播这个消息，越来越多的人出现在现场，一个隐秘的行为竟然被弄成了一个公共事件。从当时的气氛看，那个办案人员就在这些人中间，他肯定知道我在销毁证据。这样一来，他就会认定我的那些受贿证据不是伪证——也就是说，我是有罪的。

伪证丢失了，那么，伪证就可能被认定为我犯罪的铁证，事情怎么会弄到这个地步！

妹妹出现在我面前，她大声地吆喝着，很焦急，也很生气。我安慰她说："我要把那张纸片找出来，证明那个零是后来加上去的，量刑的时候也许会轻一点儿……"

是谁让你到这里来的

到一个地方去旅游，寄居在一个人家里，这里像是一家客栈。闲来无事，我就踱出客栈，悠闲地四处走动。

这是一个村庄，成片的房子密密麻麻、横七竖八，房子的样式一模一样。本来，我记得是往左边走的，可是走着走着却走到了相反的方向。

我迷路了。

我必须尽快找到我住的那家客栈。在这个陌生的地方，天要黑下来了，我不能一个人待在这里。

在十字路口，我遇见一个人，是个老年男人，他面容模糊，像是木偶。我向他问路，他没有马上回答，而是像洗脸那样在自己的脸上抹了一把，用诡异的眼神瞪着我，仿佛是一台仪器在对我进行扫描。大约过了几秒钟，他伸手朝他身后的巷子指了指。

巷子很深，两边是鹅卵石垒砌的墙。我走进去的时候，立马感觉到这巷子是一个活物，它向我发出邀请并进行引导。显然，它是在用一种力量吸引和操纵我。这背后一定暗藏凶险！我的脚步变得迟疑起来。

正想退出，可是已经晚了。这巷子突然伸出胳膊，猛然把我举了起来。天啊，这一切都是预谋好的！这一定是村庄或是客栈的主意。

我被放到一个地方。这是一个农家院子，在村子最高处，有一种悬空感，从这里能看到村里的每一栋房子。此时，我置身于一个露台，四周是城堞一样的青砖高墙，没有楼梯。定睛细看，这里其实是一张巨大的床，我就坐在这床上。看样子，我是被人拐到这里来了。我能感觉到，在周围看不见的地方有许多眼睛在盯着我。这里头有一些年轻人，都是农村孩子，我能透视到他们的样子。我躺下来，假装睡觉，而这床竟然能看透我的心思，它警惕地盯着我。大概是为了麻痹我，或是为了转移我的注意力，这床的顶部开始播放投影，都是关于这个村庄的影像。我知道，这是宣传片。

我一心想着要回到客栈，于是就悄悄地掏出手机来。对了，手机里有导航软件，可以定位。可是，我入住的那家客栈叫什么名字？忘了。我努力地回想着，最终想到了三个字："向前去"。不对，这不像是客栈的名字。可是，我实在想不起来了。

总有一种摇摇晃晃的感觉。对了，这是在床上，是床在摇晃。这个地方是不安全的，我得离开。我小心翼翼地挪动身子想爬起来，看能否找到出逃的办法。突然，床边有轻微的响声传来。原来，在床下靠右的角落，有一个人正在坐起来。啊，这是一张高低床，那里也睡着一个人！

这是一个女人。这女人年纪很大，花白的头发披散着，脸上戴着一副皱巴巴的橡皮面具。她坐起来，用鹰爪一样干枯的手在自己的脸上抓了一把，露出一双大大的浑浊的眼睛。啊，竟然是我的母亲！我是说，她看起来像是我的母亲，她试图伪装成我的母亲。她眼神冰冷，显得很陌生。她什么也没有说，只用意念告诉我："我可以帮助你离开，但你必须告诉我：是谁让你到这里来的，为什么到这里来？"

我答不上来，只好惊恐地站在那里……

我看到了不该看到的东西

屋里黑着。

我在一张床——也许是土炕——上躺着，身边还躺着一个女人，是我一位朋友的老婆，而那位朋友此时却在门外屋檐下躺着，这让我很不好意思。

那个女人没有睡着，她闭着眼，装睡。夜色很深，我竟然能看见她胸部的起伏。我望着门外的朋友，有一种既紧张又愧疚的感觉，好像我做了什么对不起他的事情。其实，我什么也没有做。

我心里慌乱，于是就急于起床。

就在从床上爬起来的时候，我的一只手摸到了一条尾巴。原来，在我身旁的角落里还有一个人，是一个老年男子。通过他的侧影，我认出来，他是我老家的一个邻居。此刻，他正慌慌张张地下床，我摸到的是他的尾巴。这尾巴有两尺多长，有椽子那么粗，感觉像是狐狸尾巴，又像是狼尾巴。这尾巴摸上去软中有硬，很有弹性，手感极好。我甚至能感觉到，那尾巴是银灰色的。

被我摸到尾巴的那个人迅速扭了一下屁股，一声不吭，消失在黑暗中。我站在那里，突然紧张起来：我怎么摸到了人家的尾巴呢？如果不是被我发现，别人也许不会知道他是一个长尾巴的人；可是，我竟然看到了，而且摸到了。我不好意思起来。我想，他一定非常生气，可他没有生气，而是仓皇地逃走了，这使我更加羞愧。

我想跟那人说，我不是故意的，可他已经不知去向。我知道，他是找自己的裤子去了。他的裤子肯定与一般人的裤子不一样，它应该有一个能掩藏尾巴的袋子。

正这么想着，无意中瞥了床上那个女人一眼。哎呀，我看见了她的屁股沟！

我怎么会看到了人家的私处？

我怎么总是看到不该看到的东西？

我既羞又愧，就闭着眼睛在黑屋子里奔跑起来，好像只要一直这样跑下去，就会把我看到的东西跑掉。

战斗之蛇

一条蛇出现在我面前，白蛇，有水桶那么粗。

这蛇跟我有关系，它好像是被我从什么地方放出来的，却想不起具体细节了。本来，我是应该用网兜或是布袋把它装起来的，但也许是考虑到它太大了，也许是由于疏忽，也许是出于懒惰，总之，我没有采取此类措施。白蛇一直跟着我，但不是在地上，而是像风筝那样在我头顶上方不高的地方悬浮着。蛇头白中泛黄，向前伸着，很像和谐号列车的车头。它的信子一伸一伸的，两眼发出警觉的光芒。

我和白蛇出现在城市的街头。从街景看，这是二十世纪七八十年代中国的某个中等城市，街道两旁是两层或三层的楼房。我知道这条蛇有自己的想法——它想挣脱我，去干它想干的某件事情，而且是一件危险的事情。明明知道它的想法，却没有办法阻止它——当然，我也没有坚决阻止或控制它的愿望。我茫然地站在街头。

突然，白蛇好像发现了什么，它高高地抬起头，愣了一下，然后猛地一个俯冲，冲到街道右侧的墙根。原来，那里有一条与白蛇差不多大小的黑蛇，白蛇是冲着黑蛇去的，它们在街边追逐、纠缠、打斗。

等我明白过来，已经看不清它们的身影了，只见那黑白相间的影子像一团烟雾呼啸着向前冲去。两蛇经过的地方传来噼噼啪啪的爆响，闪耀着团团火花，天昏地暗，飞沙走石，树叶与烟尘纷飞，整个城市顿时陷入昏暗和混乱之中。那两条蛇触碰了电线，造成了电网短路，城市停电。

天啊，惹下大乱子了！

我沿着两蛇相斗的那条街往前跑，想去看个究竟。街边的电线都是断的，一根一根垂在空中，一个女子在捡拾落在地上的电线包皮。她看了我一眼，我赶紧躲闪开了，怕被她发现我与白蛇的关系。幸好她不知道白蛇是我放出来的，其他人大概也不知道。我悄悄地往前走，想看看那两条蛇是死是活，以及它们对城市造成了多大的破坏。

没见到那两条蛇，只见街道的尽头有一个像是库房的院子，院子周围有一些面容模糊的人，他们在议论什么。从只言片语中我听出来，那两条蛇被收容到了这里，有关方面正在审查它们。听说一条蛇已经受伤，伤势严重。隐约觉得那黑蛇很有来头，不知道最后会不会把我给牵连进去。

我原路返回，慢慢地走，留心观察街上的情况，悄然搜集与那两条蛇有关的信息。突然，街道中央出现了一个有三间房子那么大的长方形深坑。我和报社的一位同事一起出现在这个坑里。在这里，我看到有两个或者三个黑衣警察在水中直挺挺地躺着。水很清很浅，漫住警察的半个身子。这是一种侦查手段，每个从这里经过的人都要像警察那样躺在水里，经过这样的检验之后才能通过。我猜想那几个警察大概跟黑蛇是一伙的，他们在用这种方式破案。由此推断，那黑蛇也许是死了或者是受了重伤。

我在这深坑中间走着，心里很虚，可是不从这里经过又不行。看见一个身材壮硕、黑红脸膛的中年男人站在坑的前端，也就是出口的那一端，他负责盘查。我虚张声势地冲他大摇大摆地走过去，他竟然认识我，朝我谦卑地笑着，满脸崇敬的表情。他点头哈腰，做了个"请"的动作，意思是：您可以过去。跟我一起的那个同事紧跟在我身后，把记者证掏出来亮了亮，那人笑了笑，不吱声，也不看证件，就让我们过去了。我在心里默默地替那人担心：他就这样放了我们，万一被人检举出来，可怎么办？

当我们爬出土坑的时候，感觉城里的气氛依然紧张。这紧张的气氛表明，马上就要召开公审大会，但究竟要审判谁，却不知道……

垃圾雕塑

有一家报社搞一个大型系列报道，报道大概持续了一年，在这个过程中产生了许多垃圾。于是，这家报社就决定搞一个行为艺术，也是一个装置艺术，就是将这些垃圾集中起来做成一个雕塑，以纪念这次活动。

按照设计，每个参与系列报道的人都要把自己产生的垃圾收集起来，作为制作雕塑的材料。其实，这个设计是自带编程的，一旦启动，那些垃圾根本不需要专门收集，它们会按照先后顺序形成一个链条，自动往一起集中并形成雕塑。

这件雕塑形体太大，大到看不到它的具体形状，却能够感觉到它头小尾大，头部像象牙又像笋芽，白生生的，朝着一个方向延伸过去。许多东西就是从这里开始排队并进行拼接，那状态就像是一列正在自动组接的火车。

大概是已经完成了拼接，这雕塑在晃动了几下之后，站立了起来。

这雕塑，一开始显得生硬、粗糙，片片垃圾之间充满空隙，给人一种松散和不结实的感觉；渐渐地，它变得像饧着的面团那样,开始变软,越来越软,越来越瓷实。到最后,它竟然变成了一个巨大的泪滴。这泪滴有些浑浊,一团毛絮状的虫子在其中浮游。我知道,每一条虫子都是一个人物。那泪滴的浑浊感,是系列报道中的故事造成的,它充分表明:这个系列报道中的人物和故事具有不确定性,有许多模模糊糊、似是而非的东西。

而这个由垃圾雕塑化成的泪滴呢,其实是一本书。

由于这本书是以泪滴的形状存在的,所以我一时手足无措,不知道是该把它捧起来呢,还是找个什么容器装起来。我围着它不停地走动,想用我的身影把它包装起来。我的身影,是它的封面。

飞行，其实是坠落

我没有想到自己会飞。大概是在傍晚时分，或者更晚一些，天空呈现茶色，周围的景致淡远而模糊，我从一个院子里出来，站在山崖边，闲来无事，伸了个懒腰，身体就升起来了。

我像在水中那样，划动四肢。呃，我的胳膊依然是胳膊，我的身体依然是人的肉身，怎么就会飞了呢？这是一件令人生疑的事情。那么，不妨在附近试一试，检验一下我是否真的能飞，以及能飞多远。

在正式飞行之前，我站在一块石头上大声说："我是一只试飞的小鸟，我的身上没有羽毛。"我这样说，是为自己留后路，万一飞行失败，这是一个很好的说辞——我有言在先，我只是在做试验，而不是为了显摆。

天完全黑下来。我朝着前方——大约是东方吧——试探着飞过去。凭感觉，我身体的下方是山坡，山坡的下面是山谷，我朝着山谷飞去；或者说，是在黑暗的虚空中滑翔。

飞着，飞着，我心里一惊：不对，怎么是向下啊？

原来，飞行，其实是坠落。

啊，我这是在一个深渊里！这深渊没有底，四周是无边的虚空，不知道我将坠落到哪里。

不行，不行，我必须回去，必须回去……

我转过身，双臂挣扎着挥动个不停，终于，摸到一块石头。凭感觉，这是梯田的石壁。我用尽全力，抓着石壁把身体向上支撑，就像从水中抓着什么东西向上漂浮那样，一层，一层，拽着身体向上去。身体很沉，很沉，我的双手抓着石壁，用力地，向上，向西。

我的身体在空中飘着，伸手不见五指。我这是在哪里？

突然，我摸到一根旗杆。知道它是旗杆，是因为我摸到了旗杆顶端的旗帜。

既然找到了旗帜，也就找到了大地！

我紧紧地紧紧地抱着旗杆，沿着旗杆向下滑，向下滑……

我就要哭出声了。

无影之树

一个村庄。

村庄正中间有一个院子，院子靠左偏下的地方还有一个院子。这两个院子里的房子与村庄其他人家的房子明显不同，一是格外高大——单层，却有三层楼那么高；二是青砖墙面上刻满神秘图案，那是一些特殊字符。我知道，这是老高家的老宅院，他退休之前把房子翻修了，供退休之后享用。左侧那座房子是他的，右侧那座是他弟弟的。这两座院落给人一种清冷而孤寂的感觉，离老远都能感受到它们的威严感和拒斥力。

在这两座院落之间的空地上有两棵树，已经长到天上去了，白云在树的腰间飘动，根本望不到树顶；更神奇的是，这两棵树没有影子，这就是著名的"无影之树"。这充分说明，这两棵树太古老了，它们应该是在太阳诞生之前就有了，所以阳光照不到它们。此地有这么古老的树，当然可以开发成旅游区，门票收入可以用来支付这两个院落的物业费。

在这两棵树之间的空地上出现了一个女孩子，大概是老高的女儿吧，她看上去有二十来岁，面如满月，肤色红润，脸颊和额头上却爬满皱纹。她蹲着，捡地上的枣子。她指着这两棵树中的一棵对我说："枣树其实是大地的子宫，每一颗枣子都是婴儿，最小的婴儿只有0.6厘米。"原来，这两棵树中有一棵是枣树。女孩一边跟我说话一边用拇指和食指捏搓着一颗枣子，也就是捏搓着一个婴儿，她要把它（他）制作成工艺品。她微笑着对我说："要是做成一千个，就可以成正果了。"从她庄重的神情判断，她决心把这些婴儿制作得尽可能小巧而精致。这是她献给大地的礼物。

一转身，我看见老高的女儿把一个制作好的婴儿作为礼物送给村支书的老婆。那个胖乎乎的中年女人露出白花花的牙齿，笑着说："我保证你们的安全。"原来，虽说这是老高家的老宅院，但如果没有当地人保护，这房子随时可能被收走，或者自己跑掉。

大概是为了证明这宅院是老高家的（当然，也可能有更深的想法），老高的女儿手里捏着一个一个婴儿在两棵树之间——也就是在两座宅院之间——松软的土地上播种着。她一边干活一边跟我说话，从她的表情看，她对我充满了敬意——她是我的粉丝；而我却对那宅院心生敬畏，就像面对大人物那样。

那些被播种的婴儿是被压缩过的，如果展开，应该有芦席那么大吧。我很想看到婴儿展开之后的样子，就站在那里等待着，等待着。我对老高的女儿说："至少，我要等到那些婴儿发芽，看看他们的头发是红的还是绿的。"其实，我内心的想法是：看看那些婴儿长出地面之后，有没有影子。

长木耳的手机

屋里闹哄哄的，我躺在一张像舞台那么大的床上，静静地望着窗外。我看见外面下雨了，就掏出手机看天气预报。手机屏幕上出现一串红色的字：这雨，是来巡视人间的，你要保守秘密。

门口进来两个人，一个是我的老同学阿平，另一位是一个大个子男人，看上去有五十多岁，不认识，他应该是阿平的朋友。我赶紧起身与他们握手。阿平的脸像揉过的卫生纸那样皱巴巴的，谦虚地笑着。从未见过他这样笑，这大概是因为疲劳的缘故；当然，也许另有深意，是一种伪装。他们的出现，与刚才那条天气预报有关——他们的头发是湿的。

我请他们坐到我的床上。阿平摸了摸床铺，然后匆匆忙忙地去找厕所，从他的表情看，他是在侦察地形。他们果然是带着某种特殊使命来的，我不好意思指出来，就开始留心他们接下来会干什么。

那个陌生男人与我并排躺在一起，顺手拿起我的手机与他的手机撂在一起，说是要充电。从未见过这样为手机充电的，这里头一定大有文章。我瞥了一眼我的手机，果然出问题了——我手机的下部生出了两朵木耳！
这不是一般的木耳，它像灵芝那样坚硬，完全是人的耳
朵的形状，带着一道一道黄蓝相间的花纹，泛着神秘的
光。这两朵木耳，一大一小，大的像拳头，小的像五分
钱硬币，两朵木耳之间有一根连线。这木耳肯定是某种
侦查装置，它在偷我手机里的信息。我很紧张，却不知
道该怎么办。

阿平从外面回来了，笑着说："我肚子疼。厕所太
脏。"我不知道他是否已经解决了问题，就急忙起身替
他找厕所。让客人找不到适合的地方方便，是一件很丢
人、很失礼的事情。于是，我带着阿平来到院子里，指
着北面的一座平房说："那里也可以解决问题。"他笑
了笑，说："我去过了，那是一条水沟。"

等我回到房间的时候，看到那人的手机还在原先的
位置上，我的手机却不见了。我抖开被子一遍一遍地寻
找，却还是没找到。

一转身，那人和阿平也不见了。

我站在那里念叨着："木耳！木耳！"似乎只要这
样念下去，我的手机就会听到；听到之后，它会回来的。

小石潭记

半山腰上有条小街，沿着与街道垂直的石阶路向下去，就来到一个小石潭边。这小石潭看上去就像是山里农家的水窖；当然，也可能是某个民宿的游泳池。池水清澈见底，粼粼波光里晃动着山石的倒影。

我来到潭边，看见水潭内侧黑色石壁上出现了巴掌那么大的一幅画，画面由苔藓和石纹组成，从整体构图上看，像是一朵花。这时候，一位画家朋友和一位诗人朋友出现在潭边，他们也在欣赏那幅画。我知道，这幅画是眼前这位画家朋友的作品，他把这幅画卖给了潭边的石头。此刻，这幅画正在朝石头里洇，画面正在成为石头的一部分，画面上的石纹在迅速改变自己的形状，以便与石头上的纹路对接和重合。这表明，石头在接收这幅画。这正是这幅画的独特价值所在：能与它所置身的环境融为一体。

啊，这幅画是活的！

正在惊叹呢，一转身看见石阶边的草丛里露出一条竹根。这竹根是青色的，像蛇那样抬起头来深深地看了我一眼。莫非，它是我这位画家朋友带来的另一幅作品？

为了检验它是不是一件艺术品，我抓住它朝向我的这一端，把它从地上薅起来。它盘根错节，与一条小竹根紧紧相连。我身旁有一个小伙子，他是某大机关的宣传干事，他动手帮我把这条大竹根与小竹根分开。分开的一刹那，大竹根显得很悲伤，我已经猜出它的来历，也明白了两条竹根之间的关系，心里突然有些难过。

当我捏着那条大竹根时，发现那竹根竟然是蛇头。这东西果然是蛇！我担心它会咬我，又担心它会盘起身体缠住我的胳膊，可它没有挣扎，而是把身体伸得直直的，顺从地让我捏着它。我知道它很不舒服，它是在忍着。

我紧紧地捏着蛇头不敢松开，担心一旦松手，它会咬我。

我把蛇放到小石潭里。

一到水里，这蛇，立马成了一根竹竿在水面上漂着，被我捏过的地方，也就是蛇头那个部位，像绳头那样缩成一个结。这是怎么回事儿，难道是我把它捏死了？我用手碰了碰竹竿上的结，这东西在水里左右晃动，它依然是竹竿，只是颜色开始变灰。

这东西究竟是什么？是竹根、竹竿，还是蛇？我吃不准，因此也就无法认定它是不是一件艺术品。也许，不应该把它从地上薅起来，它脱离了自身生存的环境，就什么也不是了。我懊悔起来。

为了进一步检验这东西是不是艺术品，我又一次试探着把手伸向它。就在即将触碰到它的一刹那，我猛地缩回了手。万一它是一条蛇，突然咬我一口，那可怎么办？

这时候，小石潭的颜色变深了，像是一只混浊的眼睛……哦，我知道了，这小石潭是个艺术馆，它正在全力以赴地掂量和评估这件东西的价值。

追赶双手

山，从地平线上升起来。

这山，有巨大的底座和一座一座山峰，每座山峰都像是柱子；山峰与山峰之间是巨大的沟壑，十分夸张，山体和山峰上布满皱纹。

感觉这山有点面熟，跟我有某种特殊关系。果然，它在向我暗示：追我啊，追我啊，我是你的！

我突然明白过来：这山，其实是我伸展的手。

既然是我的手，怎能让它孤零零地站在那里呢？我像遇见了丢失的儿子那样，难过起来。

我奔跑着去追它。可是，山总是与我保持着固定的距离，任我怎么追也追不上。

我浑身冒汗，已经喘不过气来了。我灵机一动：脑袋肯定是在手的前头，应该让它去截住手。可是，我的脑袋在哪儿？我看不见脑袋，也就没办法指挥它，只好甩开脚丫子继续追下去。

到了最后，我的整个身体只剩下一双脚，却依然追着，不停地追着……

荒 村

有一个人，是个老男人，带我往一个地方去。

我们沿着一座房子的墙脚走动。这座房子是悬空的，墙脚那个地方十分狭窄，仅可容下脚掌，而且是向下倾斜的，人一旦仰过去，就会坠入万丈深渊。好在墙壁上有一根一根布带子，在必要时可以抓住它。这些布带子在微微飘动，给人一种不结实的感觉——它能经受得住一个人的重量吗？

我的脸贴着墙面，脚步慢慢地挪着，有一刻，我的身体就要向后仰过去了，我急忙抓住一根带子，走到了墙的拐角处。带我来的那个人，一直在我身后跟着，却一点忙也帮不上；或许，他的目的本来就不是为了引导和帮助我，他只是一个盯梢者。

拐过墙角，我发现房子后头是一个坑，坑里有一个大杂院，还有一些菜畦。本来，我是可以从这坑中走过去的，可是所有的地方都充满粪便。原来，这是一个巨大的化粪池。满池粪便冒着泡沫向上鼓荡，像是在满怀恶意地搞恶作剧。带我来的那个人茫然无措，我决定沿着坑中的一道砖墙的顶端往西南方向去。

从坑的西南角爬上去，我们进入荆棘丛。那荆棘高大茂密得就像是巨大的森林，每一棵荆棘都粗壮如水桶，浑身长满花椒刺。我们慢慢地走着，没有遇见一个人。走着，走着，突然在荆棘丛中发现了一座木屋。它是木屋，但从造型上看更像是一个巨大的木柜，通体黑色，油漆斑驳，一些地方露出木头原色。我突然意识到，带我来的那个人是生产队队长。他把这木屋的门打开，我发现里面分成两间，右侧那间分成上下两层，上层是卧榻，感觉是睡过人的，现在是空的；左侧那间，黑洞洞的，深不可测。那生产队队长对我说："那个老头就是在这里死的。老太太住在另一间。"我知道，他是不想让我要这座木屋才故意这么说的，他想收藏这座木屋。

原来，这是一个无人的村庄。村庄一旦没有人，就会立刻长满荆棘。从荆棘生长的情况看，这里已经荒废很久了。

那木屋在无声地传递一个信息：在村庄消失之前，上头有一个政策，就是村民必须迁走，每家每户自找出路，允许投亲靠友——这是优惠政策。人们为了享受优惠政策，眨眼间就走光了，这里就成了一个无人的村庄。

悬　崖

　　从一个地方出来，在院墙下的小路上遇见一位同事，我跟他匆匆打了个招呼，继续往前走，走着走着，眼前出现了一堵土墙。它只是看上去像是土墙，细看，是一面土坡在我眼前突然侧翻，像一堵墙那样直直地竖着，挡住我的去路。此时，我的任务是爬过这土坡。

　　土坡表面坚硬如石，没有一点缝隙。我像攀岩者那样，手脚并用地往上攀爬。最后，我的双手摸到了土坡顶端一个向外凸出的地方，整个身子倒悬在崖壁上。这是最后的选择：如果我决定上去，就必须用尽最后一点力气，让倒悬的身体翻转到坡顶；但从此时的情形看，即使用尽最后的力气，我也依然可能从坡顶上掉下去。

　　我刚才遇见的那位同事，此刻在土坡下面仰望着我。我对他说："如果我掉下去，你接住我。"

　　突然，我发现我正在攀援的所谓土坡，其实是一张写字台。写字台的外沿就是悬崖，我正在从悬崖的这一面往写字台上攀登，我用尽最后的力气才攀登到桌面下方的抽屉上。我一边喘气一边思考怎样才能爬到桌面上，这时候，看见我的一位老领导抬腿登上了桌面。原来，他是从写字台的另一面上来的。我这才发现，自己选错了方向！

我转身从写字台的另一面来到写字台前，也就是站到那位领导刚才站立的地方，双手趴在写字台上。我看见，写字台上出现了一片山水和林木，就像一幅三维动画。这画面在我眼前快速倒退，那山水和林木越来越小，很快缩小成一个盆景；而桌面却越来越大，正在变成广袤的大地。

正在暗自惊叹，我的身边出现了两个年轻女人，一个女人对另外一个女人说："嘻嘻，他——"她指着我，继续说，"竟然从那个方向上来，费了那么大的力气。"我知道她是在嘲笑我，却不好说什么。

一恍惚，我又像倒悬在屋檐的蝙蝠那样倒悬在悬崖上。不知道是那个女人的法力使我回到了原先的状态，还是我又一次选择了原先的路径，反正我是继续倒悬在悬崖上了。

"写字台就是悬崖！"我自言自语起来。

真累啊！

驯虎记

　　在路边碰见一只毛茸茸的小动物，乍一看，是一只猫，细看却是小老虎。认定它是老虎，是它头上有一个明显的"王"字。它的尾巴有大拇指那么粗，光滑有力，就像是一条甩动的九节鞭。这小老虎，胖乎乎的，有两尺多长，眼神萌萌的。别看它那么小，走起路来却是那样地威风，完全是虎的雄姿。

　　这小家伙太可爱了。我弯腰把它抱起来，想把它带回家当宠物养。抱起它的时候，感觉它的骨头颇有棱角，沉甸甸的，显然不是一般的动物。

　　来到一座大房子里，这里好像是我的家，又仿佛是别人家的别墅。我置身于一个大厅，大厅里的男男女女各自端着花朵一样的红酒杯，他们微微晃动腰肢，酒杯里的红酒闪耀着摇曳的光影，空气中弥漫着轻松而浪漫的气氛。我把那只小老虎放在地上，刚一挨地，它倏然间就不见了踪影。我紧张地四下观看，只见那小老虎变得像老鼠一般大小，却依然是老虎的模样，正沿着墙根四处乱窜。天啊，这是老虎，即便是小老虎，它也是老虎，如果它野性发作，咬人或是吃人，那可怎么办！

大厅里的人对这种危险浑然不觉，他们依然轻松地摇晃着腰肢，就像是一丛漂摇的海带或珊瑚。小老虎是我带来的，千万不能出事。我决定把这小老虎捉住，把它关起来。

这里没有笼子，也没有箱子，我就大声对老婆说："找个布袋，布袋！"我一边叫喊着，一边去捉小老虎。

小老虎灵活得像老鼠，我怎么捉也捉不住。

特别操蛋的是，这小老虎一边跑一边回头瞅着我，带着一种淘气的、捉弄人的表情。它时而停下来，忽地变得像熊猫那么大，忽地又变得像老鼠那么小，这让我更加紧张。

就在我围追堵截小老虎的时候，突然感到脊背上麻麻的痒痒的，一个毛茸茸的东西顺着脊背钻进了我的袖筒里。天啊，是那只小老虎钻到我衣服里来了！

这一次，我无论如何也要捉住它！等它爬到我左边袖筒里的时候，我一把攥住袖口，脊背靠在墙上，那只攥着袖口的手隔着衣袖慢慢地往上捋，终于，我捉住了它。掏出来一看，这小老虎酷似一只黄鼠狼，有鸡蛋那么粗，一两尺长，但它身上的花纹和脑袋却依然是老虎的样子。

这小家伙被捉住以后，身体弓着，爪子踢腾着，猛然张开大口要咬我。它已经咬住我了，却并不是真咬，而只是轻轻地把我抓着它的那只手含在它的嘴里。我惊叫着，让老婆赶紧过来。有人递来一只布袋，是麻质的袋子，很厚，那人撑着布袋口配合我。小老虎依旧在挣扎，我紧紧地卡住它的脖子，另一只手按住它的头，费了好大的劲，总算把小老虎的头和身体的一部分塞进了布袋。

小老虎不动弹了。一看，它死了，大概是我刚才用力过猛造成的。我把小老虎掏出来，此时它已经成了一张皮，软软地摊在地上，但眼睛依然在瞪着我。天啊，我是多么地喜欢它，可最后怎么就把它弄死了呢？我懊悔不已，搓着手，绕着那张小小的虎皮不停地转来转去。

在航天电梯里

在一个同事家吃饭，同去的有我的几位作家朋友，是我邀请他们来的。午饭后，主人有事情出去了，我和朋友们躺在我同事家客厅的沙发上午休。我睡不着，就观察客厅里那个小男孩。小男孩看上去有两三岁，大概是我同事的孩子，此时正骑着一辆儿童车在客厅里转悠。看着这个孩子，一恍惚，看到了我小时候的模样。这小孩，怎么就是小时候的我啊？我突然发现，这个时空有问题——这里的时间在倒退！

我赶紧走出门去。我要回家。

为了不打扰正在午休的朋友们，我就一个人悄悄地推着自行车往外走。走到门口的时候，看见我的同事，我跟他打了个招呼，就推着自行车继续往前走。我感到，我推着的这辆自行车十分怪异，不像是自行车而像是一个特殊装置。我也没有太在意，就推着车子上了电梯。

上了电梯之后，可能是忘了按下按钮，明明是要下行的，没想到电梯竟然腾空而起。我正要按下楼层键，电梯已经失控，像火箭那样冲向天空。眨眼间，我看到了天空——一片无边无际的白茫茫。这难道是……航天电梯？不等我回过神来，那电梯像失控的过山车那样，在空中转了个身，一头栽了下来。

完了！完了！

大概是因为我扶着自行车的缘故，明明是脑袋朝下，却并不十分难受，头也没有触到电梯地板上；但我知道，电梯正在坠落，我马上就要随着电梯撞向大地。唯一让我感到安慰的是，坠落的时间将会很长，也许一年，也许十年，甚至更长。我忍受着、等待着，期待会有奇迹发生……

哎呀，碰上这样的事情真是倒霉！如果这是一个梦就好啦！

"但愿……但愿……"我自言自语地祈祷着。

而此时，电梯还在坠落……

迷 藏

我慌慌张张地跑着，急于找个地方躲起来。

这是在捉迷藏，与那个叫"老刁"的人捉迷藏。按照角色分配，我藏，他捉。老刁是个五六十岁的男人，凭感觉，他是一个很有权势的人物。有一干人侍奉着他，他跺跺脚，地皮乱动。他们经过的地方，空气凝重，云彩立马变成深黑色，这是他们的身份和影响力造成的。

我成功地摆脱了他们，钻进一个桥涵里。从我藏身的地方可以看到从桥缝里透过来的光，可以看到车轮的影子，能听见车轮滚动的声音，能听见人的脚步声。我清楚地看见老刁黑色的身影，他们正在朝这里走来。

我所在的地方连着幽深的洞穴，如果我继续往里头躲藏，他们是找不到我的。可是，他们已经很长时间没有找到我了，万一让老刁急出个毛病来，后果将是非常严重的；况且，这一次，他们带着特殊仪器，那是一根安装着很长丝线的钓鱼竿，那丝线就是天线，这是一种十分厉害的侦查设备，凭借这种设备，他们是完全可以找到我的。在这个世界上，谁一旦被这种设备侦查到，谁就会受到最严厉的惩罚。

　　我一动不动地站在桥洞的斜坡上，又感觉是站在一个楼梯上，老刁和他的随从急匆匆地走过来，一边走一边东张西望，突然就发现了我。老刁的眼睛瞪得像电灯泡子，亮晃晃的，他拍着手，仰天大笑，笑得像个孩子；他的随从很深地看了我一眼，似乎看透了我的用心。被逮住了，游戏结束了。我心有不甘，但由于是故意让他们逮住的，所以就很平静地跟他们一起走出桥洞。

　　在离桥洞不远的地方，堆放着一堆中药渣。药渣一包一包地摞着，灰白色，风化得很严重，轻轻一碰或是吹一口气就会碎掉。这些药渣与时间有关；具体说，它是由我们捉迷藏的那段时间变成的。它之所以变成药渣，是为了证明那段时间——也就是老刁他们没有捉到我的那段时间——是存在的，这是一个物证；同时，印证了那段时间参与了我们的游戏——它为了找到我，消耗得太严重，以至于耗尽了全部能量，成了渣滓。

　　老刁和他的随从不见了，那堆药渣更加灰白和残破，如同虚拟的影像。由此看来，时间是需要人来支撑的，否则就会碎掉。我一边念叨着，一边把眼泪滴在药渣上。

他们引爆了原子弹

　　我置身于一座大厦，又仿佛是在一个穹隆状的巨型岩洞里。这个空间其实是一颗即将被引爆的原子弹，我就在原子弹里。

　　身边有一群人，大约有十几个，都是我的熟人，他们一人站在一个搪瓷盆里，每人拿着一只金苹果。这金苹果是文凭，也是起爆器。他们正在做某种演练，这演练应该与引爆原子弹有关。

　　我所站立的地方明明是大厦一楼的大厅，却又感觉是一条河沟，地上有许多磨损严重的鹅卵石，像是一些随意堆放的胡萝卜，又像是胡乱扔在地上的一堆破抹布。甲乙丙丁几个男女站在我身旁，看着脚下的破东西——那是他们的作品——满脸自得的神情，他们对这些东西很满意。我知道他们的意思：马上就要引爆原子弹了，把这些东西拿出来，一是为了展示，二是给大爆炸之后的世界留一个纪念，以证明人类文明真的存在过。

　　大厅的一个角落，很幽暗，一个诗人在喃喃自语，听起来像是在背诵自己的诗歌。我知道，他其实是在背诵密码，很可能就是引爆原子弹的密码。在二楼和更高处——那里金碧辉煌，现代，豪华，却又有一种浓郁的陈旧感——一些人影如同光斑在来回闪动，他们是在为原子弹爆炸做最后的准备。我能感觉到，他们既无奈又很认真，处于一种恪尽职守的良好状态。我想让他们慢一点，可他们显得很兴奋、很焦躁，正以越来越快的速度进入引爆的最后程序。

这里不能再待下去了，我要逃跑，我不想死！

我冲出大厦。

就在我冲出大厦的那一瞬间，身后一声巨响，一个像是飞镖又像是信号弹的东西，呼啸着，旋转着，划破天空。

原子弹……已经……爆炸！

我不敢回头看，我跑，跑！

砖块、树木的碎屑伴随着飓风从我身后扫过来，重重地击打着我。

"冲击波！"这是我在这个世界最后的叹息。随即，我浑身一抖，我看见我的身体成了一把灰末顺着冲击波向前飞，就像是从枪口里冒出来的一股蓝烟。

没有一丝疼痛的感觉，我只是感到一种巨大的恐慌让我喘不过气来。那一股蓝烟，飘聚成一张嘴巴，在空中，久久地，充满依恋地，张着，张着……

纠　缠

我要尽快赶到某个地方去。

为了抄近道，我奔向一个房顶。房顶漫长而宽阔，像是望不到尽头的大路。感觉这房子很高，究竟有多高，不知道；但我知道，正是这个高度，使这里成了独立于宇宙之外的另一个时空。

脚下出现一个洞口，方形的，很黑，什么也看不见，我却能感知到里头的情形：那是一个与我当下所处的地方完全不同的世界，那里有一群人，我要与他们赛跑。

从这个洞口下去就可以到达那个世界，这等于是抄近道。我趴在洞口朝下看，没有梯子，也没有路，看样子，要到那里去只能用一种非常的方式——降落。

与我同时到达洞口的，还有两个女子，她们也趴在洞口朝下看。

那么高，我如果跳下去，必定粉身碎骨。怎么办？有了，我可以把布衫扔下去，布衫下去了，就等于我下去了。我的布衫不是一般的衣服，我与它也不是一般的关系，它承载着我全部的记忆和意志，完全有资格代表我，我也赋予了它这个权利。更让我满意的是，它能理解我的心思，自动把自身分量调整到适合抛掷的程度——它在主动配合我。我把布衫按照一定的角度斜着扔下去，它以一个完美的弧度飞旋而出，那状态就像是水中一枚正在下沉的镍币。

我还是感到紧张。毕竟，这是在坠落；而且，它代表我。

我在洞口看着。我看到——其实是感觉到——我的布衫落下去之后变成了一块蓝毛巾，上面绣着几个字：我到了。

在洞内的那个世界，人们奔走的速度极快，仿佛是一万匹快马在飞奔，空间里充斥着飞动的、像丛林一样密集的腿。那毛巾——此时它正是我的化身——刚好落在一个合适的位置上，是在第一方阵里，与奔走的身影构成一种纠缠的关系，就像是一束追光。

那两个女子依然在洞口紧张地比画着。

这个地方太高了，她们必须设计好降落角度；如果角度不对，那可是要出人命的。从她们的表情看，她们在心里埋怨我，是我的布衫占用了那个飞行路线，她们就没法再用了。我想安慰她们，就说："其实，降落或飞翔的角度，靠的是运气。"她们没有搭理我，继续在那里焦急地窥视。

课　堂

　　一转身，我从纷乱的街市来到一个空间。这里宽敞得就像是一个超大车间，一侧有宽大的窗户，光线从那里照射过来，整个空间半明半暗。这里摆满了座位，座位分两种，一种是碳钢高背靠椅，一种是真皮沙发。座位沿着漫长的斜坡自上而下密密麻麻地排列开去。站在后头往前看，那些座位就像是森然排列的碑林，或是浩浩荡荡的兵马俑阵列。

　　这是课堂。

　　这里有很多人。我遇见一些熟人和朋友，其中有一位大作家和他的女儿。我跟这些人打招呼，他们都神秘地挤着眼，表情怪异，不跟我搭话。我环顾四周，发现这里有男有女、有老有少，年龄从八十多岁到十岁左右不等，大家坐在各自的座位上，一律目视前方。从人们的神情看，这里正在上课，是一堂很严肃很正规的课。我识趣地悄然寻找自己的座位。我的座位在倒数第二排，是一把高背靠椅；而我的右侧，是一个没有什么名气的人，他的座位竟然是一张豪华沙发。凭什么他坐沙发，却让我坐椅子？心里窝着火，却不知道找谁发泄。算了，他比我年纪大，他坐沙发就坐沙发吧。我自劝自慰，平抚了心情，等着听讲。

可是，课堂上，包括四周的空间里，静悄悄的，静得有些异样。这静，像长长的、厚厚的影子覆盖了整个空间，有一个世纪那么长，像铁板那么重。

既然是课堂，而且是在上课，怎么会没有人讲课呢？也许是我离讲台太远的缘故吧。我抻着脖子往前看，一排排椅子和沙发，连同从椅子与沙发上冒出来的后脑勺和脖颈，浩浩荡荡地涌向地平线。也许，那讲台在地平线之下，所以我看不见；或者，根本就没有什么讲台，也没有什么老师，所谓"听课"，只是冥想。

哈哈，我看穿了这个把戏：这里空空荡荡！

我想笑，心里的无数话语，像成群的老鼠在我的嗓子眼儿里挤挤扛扛地往外拱。很想把我的发现告诉我的那些同学，我想对他们说：一群傻屌，你们在"听"什么！

我的嘴巴发不出一点声音。一扭头，课堂上只剩下我一个人了。那些人是什么时候走掉的，怎么没人跟我打个招呼啊？莫非他们真的"听"懂了什么，或是已经悟道，羽化登仙了？

我走出课堂。

刚出门，突然想起来，我的书本和挎包忘在了座位上。当我回到课堂上的时候，迎面那一堵墙猛然鼓了出来，一闪，变成一张巨大的脸。这脸，时而是老虎的脸，时而是扭曲的人脸，它像立体电影里猛然击打过来的拳头或一块飞崩的石头，朝我飞过来，狞笑着，不断地闪回，吓得我一连倒退了好几步。

这课堂，是在以这种方式驱逐我？当然，也可能是在考试我。

我像小偷那样蹑手蹑脚地走着，我要找到自己的座位，把我的书本和挎包拿回来。

椅子和沙发依然密密麻麻、整整齐齐地排列着，我却怎么也找不到我的座位。怎么会这样呢？也许是我走错了地方，这里不是我刚才置身的那个课堂。那么，这是什么地方呢？也许是另外一个专业的课堂吧。如果是这样的话，那么我是无意中走进了一个正在上课的教室，我看到的其实是课堂上正在播放的一个投影。

我发现这个课堂很有趣：这里的椅子和沙发显现出一种十分专注的神情，就像一群人在沉醉地聆听着什么。可是，我什么也听不到。我想对这些椅子和沙发说出我此前的发现和感受，却发不出一点声音。这时候，一抹血红的光线照射在一把椅子上。这椅子，太像一张红色的嘴巴了——不是"像"，它干脆就是一张完美的嘴巴。莫非，这椅子变成了嘴巴，要对我说点什么？

我认出来了——这是我的座位，它在这里苦苦地等我，它终于等到了我！此时，我的座位在对我说着，它说的是哑语，意思是：空空的嘴巴。哦，这就是我的座位想对我说的全部内容。

　　我的好兄弟啊！

　　望着眼前的椅子，我的心咚咚地响个不停……

他在写"死后感"

我去参加一个活动，任务是搞新闻报道。

这是一个足有一千多平方米的会堂，来宾却只有寥寥数人，好像也不是一个什么正规活动，人们坐在沙发上闲散地说着话。过了一会儿，我看见现场每人一台笔记本电脑，各自趴在桌子上打稿子。我瞥了一眼那位叫黑白的人的座位，那是一把足以坐下两个人的高背木椅，空着。突然想起来，刚才有人宣布：黑白死了。他的座位空着，就证明他真的死了。我知道，他是因为组织这个活动劳累过度而猝死的，我的心一揪一揪地难过起来。

黑白是个闻名遐迩的大人物，他的去世是一个大事件，需要写一则信息，也就是在主题报道之外再写一则消息。我心里一紧张，不知道该怎么写了，就扭头看看旁边的人，想看看他们是怎么写的。可是，像我这样的人，怎么能抄袭别人的稿子；再说，身边这些人都是诗人，他们用的是各自的密码系统，是一种私密的写作方式，即使看见屏幕上的文字，也是读不懂的。我焦急地四下张望，突然看见黑白正端端地坐在刚才空着的座位上。

他明明是死了，怎么又出现在那里？我大惊，身上出了一层鸡皮疙瘩。

我不敢正眼看那鬼魂，只是悄悄地转动眼珠往那个座位上瞟了一眼。只见黑白先生依然是生前的模样，只是他那著名的白发更白了，纯白，一根一根，发出水晶的光芒，白皙的脸庞更加丰满，脑袋比生前大了大约一倍，整个人有一种既真实又虚幻的感觉。我悄悄地观察黑白，只见他此时正全神贯注地在笔记本电脑上敲打着。

我突然明白过来：他在写"死后感"，也就是在为我提供写他逝世消息所需要的背景材料。

这时候的黑白，满身煞气，带着另一个世界的能量，是万万不可靠近的，谁触碰到他，谁就必死无疑。我带着强烈的敬畏感走出会堂，沿着左侧的小径向西面的山坡走去。走着走着，一转身，发现我刚才所在的那个地方其实是一个毡房，毡房的门帘掀着，从这里能看到里面的人，能感受到其中特殊的氛围，甚至能闻见一股浓郁的樟脑味儿。樟脑的气味是防腐的，它代表哲学，这就证明那里的人正在讨论关于死亡的话题。

继续往前走，我来到了戈壁滩上。茫茫戈壁滩星罗棋布着一丛一丛青草，每一丛青草之间相距很远，却布局巧妙，就像是天上的星座。那草丛，葱绿茂盛，草丛中间是一个圆形草甸，四周是像盘起的长发那样的丝丝草茎，宛若精心编织的带幕帘的蒲团或是绿草制作的笼子。我突然明白：戈壁滩的产生与这些草丛有关——草丛汲取了土地太多的能量，这里也就变成了戈壁滩。

有一个人坐在离我最近的那个草丛中，从他的身影看，有点像是黑白，却不能确定。我突然感到，我面前的戈壁滩其实是一篇文章，也就是黑白所写的那篇"死后感"。但是，这"死后感"里写的是什么呢？我看着遍地鹅卵石，心里一片茫然。

我闻到了一股浓郁的荒凉气息。

寻找短板的模子

一个报纸版面立在我眼前，版面上的铅字排列异常混乱，有的地方稀稀拉拉，有的地方挤作一团。这版面根本看不清，我是通过感觉获知这版面内容的。原来，通版是一篇人物报道，说的是一位女作家，她疯了，明明没有获得猫头鹰文学奖，却逢人就说："我得了那个奖，我得了那个奖。"那个女作家叫了了，我认识她。她的名字暗含在版面里，看不见，却能感知到。

这版面异常古怪的排版方式，正是主人公精神错乱的表现。

就在我凝视这个版面的时候，它突然变成了一个不成型的土坯模子——也就是一块长的板子加上一块短的板子，它们扣在一起，想要成为一个模子。它们向我发出邀请，让我加入其中。没等我答复，这模子已经把我拉了过去，我成了其中的另一块长板。

我很不情愿，于是就不停地挣扎、扭动，使得这个不成型的模子晃动不停。

这模子，心神不宁而且惶恐不安，原因是还差一块短板，终究无法成为一个完整的模子。它不知道接下来从哪里可以得到那块短板，就一边死死地拽着我一边焦急地等待着、寻找着……

　　"我得了那个奖，我得了那个奖。"那个女作家的声音又响起来了。

人性展

　　有一个老板请我吃饭，听说是要吃一种叫果蛤的仙品。这东西我从未听说过，更没有见过，所以我的脚步有些游移不定，同时又有点轻飘飘的——一方面是在表达我对那种传说中的仙品的质疑；一方面表明我对这个饭局持一种谨慎的赞许态度，在故意制造一种神秘感。

　　半路上碰见两个熟人，他们低声说着话，专注、诡秘。从他们的神情判断，他们的活动应该与果蛤有关。我知道，有人正在往宴会上运送果蛤。据说果蛤是一种会隐身的动物，它很可能就混杂在应邀的客人中间。眼前这两个人莫非就是果蛤？为了检验我的推测，我拍了一下那个小个子的光头。他浑身一抖，脑袋缩到脖子里去了。哈哈，这就充分说明，果蛤是存在的——它有变形并伪装成人的能力，是一种十分罕见的高档食品。由此可见，那个老板是何等地慷慨大方，他说话算数，很有实力。

　　宴会设在一座大楼里。这是一个大酒店，却宽阔得像一个街市，在幽暗的光线里，隐约可见街道纵横，有人骑着自行车往来穿行。你看，这饭店还为客人配备自行车，客人可以一边用餐一边骑着自行车慢慢地欣赏风景，这就叫豪华！

　　客人很多，熙熙攘攘。我的同桌有两个妇女，她们一边吧唧吧唧地咀嚼着一边大声说话，腔调憨直而粗鲁。同桌还有两个陌生人，其中一个小伙子大约二十刚出头，嘴歪眼斜，一脸痴呆相，一看就知道是个傻子。

　　我的面前摆着一只白色瓷盘，有一张王莲叶子那么大，闪闪发光，却是空的。我正纳闷呢，那个傻子突然用脏兮兮的右手从他的盘子里抓起一撮菜放到我的盘子里，一连两次。我啪啪地拍着桌子，大声训斥他。那个傻子瞪着眼，非常生气，掏出手机跟他的叔叔打电话，他要告我的状。原来，他是请客的那位老板的侄子。

　　我也很生气，忽地站起来要去找那个老板，告他侄子的状。刚走了几步，我停下脚步。呃，那个傻子正在跟他叔叔打电话，电话多快呀，等我找到他叔叔的时候，他已经恶人先告状了，他叔叔会听我的吗？哎呀，我也得赶紧跟那个老板打电话。可我只是隐约记得那个老板姓唐，叫什么名字，却想不起来了；甚至连他是否姓唐，也不能确定。我掏出手机查看通讯录，由于记不得那个老板的名字，就无法查到他的电话号码，只好一个房间一个房间地去找。

　　在一个幽暗的房间，两个女服务员正在收拾东西。我感觉到那个老板刚从这里离开，他的影子——带着富人身上特有的那种腥臊味儿——还停留在这里。我通过意念跟那影子说话，那影子却对我有一种拒斥，显然是充满了敌意。这肯定是因为那个傻子告了我状的缘故，这让我更加生气。不行，我要找到老板本人，把事情说清楚！

走出房间，迎面遇见一个三十岁左右的女子，她一身深色西装，皮肤白皙，眉清目秀，一看就知道是个总管。我向她要老板的电话，她说，高级领导的电话不能外传。我内心不悦，却不好说什么。这时候，客人们都走了，只有我孤零零地在这里转来转去。我转念一想：何必呢，明明知道那小伙子是个傻子，怎么能跟他计较呢？我跟他拍桌子，就说明我跟他一般见识，这是缺少教养的表现。算了，不去告什么状了。

我决定沿着酒店高高的台阶一步一步往下去，到街边走走。突然看见脚下的院子里有一个木头框子——也许是砖头垒的框子——土黄色，长约三尺，宽约二尺，里头镶嵌着一个石人。这是一个完整的小人儿，四肢健全，眉眼清晰。这个人怎么有点面熟啊？他大概就是请我吃饭的那个老板吧。我咋说找不到他呢，原来，他在这里！

有一个声音说："人性是自私的。"

我立马明白了：眼前这个被镶嵌在框子里的人，其实并不是人，而是人性——因为是人性，才特意以人的形象示人，这是一种表达策略。哈哈，吃果蛤这件事只是一个噱头，组织方的本意是展览人性，这才是今天这个活动的主题。

我正要跟那个老板讨论这个话题，那框子突然不见了。不知道是展览结束了，还是要更换展览内容，我琢磨着这件事情，摸着双颊在那里走来走去。

亿万年以后的财富

我在赶赴一个大会，途中遇见一位女作家和一群女孩子，她们正在忙着一件事情，让我等等她们，于是就耽误了时间。在会场外面，我遇见了孙大师，他的臂弯里挎着一件大衣，出于礼貌，我顺手替他拿着，然后一同往会场里去。进到会场的时候，跟我一起的那些人突然不见了，我这才发现我和他们不在一个会场。从现场的气氛看，大会已经开了很长时间，我感到不好意思，就悄悄地溜进去。会场里有很多人，却看不清他们的脸。一柱光从天花板上射下来，正好照在主席台上，那里稀稀拉拉地坐着几个年轻人，在嘻嘻哈哈地说着话，像是在聊天又像是在开一个读书会。

我寻找我的座位。

我被人领到靠前的一排座位前，那里坐着几位诗友。我走到那里的时候，一位诗友把一个座签很快地挪了一下，放到他的左侧，也就是靠中间的一个位置上。那位诗友调换座签的时候，动作极快，所以就看不清座签上的名字，所以就不能确定这是否就是我的座签。我怀疑我的座位原本不在这里，甚至根本就没有我的座位，心里泛起一种不踏实的感觉。

我觉得无聊，就东张西望起来。这时候，我的眼前出现了一排高大的身影，居高临下地戳在那里，有人在大声宣读一个长长的名单。我这才发现，真正的主席台设在山崖上。

不知道会议是否已经结束，我和另外两个人一起走出了会议室。

我要回家。

我们走在山谷里，遍地都是像人头一样浑圆的石头，这使我的脚步变得蹒跚和艰难。我小心翼翼地走着，仔细观察脚下的石头。这些石头白花花的，显得粗糙，完全没有鹅卵石的精致和圆润，说明这些石头是刚从山上开采下来，经过初步加工临时摆放在这里的。我和那两个同伴讨论这石头的价值，他们说，这是一笔巨大的财富。

这些石头会有什么价值呢？我正要与他们争论，那两个人沿着右侧一条小路走开了。我停下脚步，茫然四顾，看见左侧有一座大山，这山太高了，仿佛就在天上，满山尽是白色的石头；右前方，远远的，也是一座山，山上有一条瀑布，看上去就是一幅挂在天上的画。走近了细看，那瀑布中流淌的不是水，而是白沙。我突然明白过来：亿万年之后，这些白色的石头会成为白沙；而变成沙子，正是石头们的终极追求和价值所在。

太好了，你看，我走在一个巨大的宝库里！我为我的发现而自豪，就大步走起来。

突然，我眼前一黑，一脚踏进了黑暗。

这黑暗是直立着的，硬硬的，像墙体。它一定是早早地就埋在地下，当我踏上机关的时候，它就突然弹了出来。我在黑暗中试探着，感到脚下是一个斜坡，这就更加证明今天的会议并没有结束，我始终没有离开会场，而只是从大会议室转入了小会议室，我刚才在山谷里所经历的那一切，其实是在小会议室里举行的一个财富论坛。而此时，我正走在通往下一个更小的会议室的走廊上，接下来的程序是：写学习心得。

匿

大地上有一排一排的山。

这些山，远远看去只有农家小院的院墙那么高。

有一些云彩，像淡雾，又像瀑布，从一排排山头上流过，仿若一匹巨大的灰蓝色半透明的丝绸，由远及近地朝我所站立的地方飘过来。那个飘的动作，迟疑，躲闪，显得鬼鬼祟祟。

从山头上飘过的云雾状的东西叫"匿"。它看上去心事重重。

那些山，显然是主动配合的，当"匿"飘到某个山头的时候，这山就会晃动一下，或者是轻轻地吹一口气，好让"匿"得以轻松地过去。这些山，似乎是在躲避什么；甚至有一种感觉：这些山不想当山了，它们想变成烟雾飘走或是找个地方躲藏起来。

我不知道这"匿"是在干什么，也不知道它接下来又将怎样，只是感到这个世界又有什么大事要发生了，"匿"的出现就是征兆。

她在她的骨盆里长大

有两个成年女子，一个门里，一个门外。门里的女子身着黑色衣裙，门外的女子身着红色衣裙，她们中间隔着一道门槛，门槛很高，看上去就像是一口横陈的棺材。

黑衣女子身后站着一个男人，大概是她父亲。那男子其实是一堵墙，正在用一种力量操控黑衣女子。

屋里很黑。那黑，冰冷，坚硬，就像是一块黑色的墓碑戳在那里。

本来，红衣女子只是从这门前经过，没想到，到了门口，她突然拐进屋里去了。就在这一瞬间，红衣女子与黑衣女子重合了，就像是水泅进衣服那样，她们两人同时消失在黑色的门框里。

黑屋里传出声音："她在她的骨盆里长大。"

人生方程式

　　我与人合作一个项目，我邀请那人到我这里来。这是一个中年男子，他的职位很高很高，名气很大很大，所以当他出现在我眼前的时候，空气中弥漫着大片大片阿拉伯数字，看上去就像是铺天盖地的蜂群。这些数字的阵列不是出现在他身后，也不是出现在他面前，而是飘浮在他头顶上方，如同一个巨大的华盖。这就充分证明，他是一个大人物，而且是一位数学家。

　　与这个人物一同出现的是三组数字，不，是三个算式。

　　最先看到的是加法算式。一个一个数字之间不规则地夹杂着一个一个加号，数字是近乎透明的，而加号则是黑色的。这个算式很长，感觉就像是一群逐次咬着尾巴的玻璃鱼被一个十字架构成的链条串着，从我眼前缓缓游过。与这个算式相伴的是一个个清晰而单纯的画面，那是一些物件的影像，我清楚地记得其中有羊和斧头。

　　接下来，是乘法算式。与这个算式同时出现的是一串更长的数字，数字与数字之间的符号理所当然的是乘号。这些数字像一堆蚯蚓和一团破旧肮脏的绳子，相互扭结、穿插并紧紧地缠在一起，所以此时出现的画面也就互相叠加、穿插，纷乱不堪，严重变形，看不清那画面上究竟是些什么东西。

第三组数字显得稀稀拉拉，看上去就像深秋时节树上挂着的几枚稀疏的野果。这些数字是灰白色的，很安静，呆呆地飘浮在空中。这应该是减法或除法，却没有见到减号或除号。也许是设计这个算式的人觉得这些符号可以省略，也许是因为那些数学符号太小了，淹没在一个一个相距甚远的数字之间，难以被发现。

这三个算式只是短暂地呈现了一下，转瞬间，它们自动排列成一个综合算式，上面两组，下面一组，中间是一道横线，在横线的右端有一个乘号，在乘号的后头有一个数字，是360。这是一个常数。

这是什么意思呢？

我正要讨教，只见那人昂着头，露出神秘而高傲的微笑，意味深长地点点头。这时候，综合算式上的数字迅速浓缩成了几个拉丁字母，整个算式瞬间简化成由几个字母和一些古怪的符号组成的方程式。方程式在我眼前迅速后退，就像飞走的鸟儿那样，向着天空倏然隐去。

啊，人生方程式！

我想知道这个算式最后的结果，一个声音说："除了常数，都是变数。"

　　这时候，那个带来数字和算式的人不见了，所有的数字和算式也都不见了，我的眼前是无边的白茫茫。

战　书

石闸门孤零零地矗立在田野上，从造型上看，很像是一座高大的石桥；或者，它是一道伪装成石桥的闸门。门洞安装着青灰色石门，大约有两米厚。其实，这是一道伪装成闸门、又伪装成石桥的城门，城门背后隐藏着一座古代城池，名叫影子城。这影子城，其实连影子都没有，它只能让人感觉到，却看不见。影子城唯一能让人看见的，也就是这道伪装的城门。

一张白纸出现在城门底部，纸上有一个巴掌大的黑字，字形酷似一个不完整的手印。这个字很奇怪，是上下结构，上头是一个"火"字，下头是四点水。这个字是攻城的命令，意思是：用火攻。

那张白纸是从城门底部的缝隙钻进去的，缓慢，有力，义无反顾，具有不可抗拒的力量。白纸进去之后，天地间寂然无声，随即在可能是城池的那个地方出现了一片火光。

天色暗下来，大地上出现了两个半圆形的东西，均有两层楼那么高，状如钢盔，它们悄无声息地朝城池方向移动。不知道它们是增援城池的战车，还是那张白纸运来的新式武器，这两个东西边运动边相互交换信息，中间还夹杂着无声的辩论和争吵。从气氛上看，战事要扩大了。

两个钢盔状的东西像赴死的勇士，神情悲壮，都带着必死的决心。我突然明白：它们来自不同阵营，要在这里展开决战。那张写有字的白纸，不是攻城的命令而是战书，那个字中的"火"和四点水，分别代表它们的番号。

我想看看接下来会发生什么，那两个东西却不见了。它们一定是进了城——任何东西进了影子城都将被遮蔽。只见城门背后，也就是影子城所在的那个地方，火光把整个天空都映红了。转眼间，城门不见了，城门所在的地方，戳着一排像烧焦的树桩一样的东西，看上去就是一片废墟。这充分说明，这场战斗太惨烈了，把城门都摧毁了；也可能是，城门再也看不下去了，就躲到了地下。之所以还能看见一些废墟，是因为交战双方都想留下一个遗址，用来证明这里曾经存在一座城池；当然，也可能是要把它当作战争纪念碑，纪念在这里展开的一场恶战。

一股通红的铁水，沿着壕沟像蛇一样蜿蜒地流淌过来。我知道；这场战斗即将结束。其中一方，也就是代表四点水的那一方战败了，化作铁水逃跑了。不对，从当时的情形看，流淌的铁水很可能是战书的另外一种形态。既然影子城没有了，那么，在这里战斗就没有任何意义，于是交战双方约定，换一个地方继续战斗。双方的意思是：战书把它们带到哪里，就在哪里重新开战。但流淌的战书将会在哪里停下来呢？谁也不知道。

我既紧张又兴奋，就拍着大腿高叫着："战书！战书！"

盗 梦

我骑在一个木梁上往下看。这是一个幽暗的空间，空间里出现了一种虚拟的纸张。这种纸比这个世界上最薄的纸还要薄，是透明的，接近于虚无，上面记录着我的梦。

确信这纸上记录着我的梦，是因为这纸是蓝色的——人间所有的梦都是蓝色的。出现在这空间里的纸，不是一张而是一沓子，它像被飓风吹动的书页那样快速翻动。这些纸张包含着不同的蓝色——蔚蓝、湖蓝、天蓝、湛蓝、灰蓝、深蓝等等，这些不同的蓝色层层叠叠，交替闪现，像点燃的爆竹那样闪耀着朵朵蓝光。我知道，这是梦在其中运动的结果。梦，是一种电波，它发出色彩并产生能量。

原来，这种虚拟的纸张是梦的容器。

从我所处的位置能看见那空间里的每一个角落，能看清现场任何人最微小的举动。这里人影晃动，看不见人脸，却可以清晰地看见人的身体。在场的每个人都带着一台笔记本电脑，他们准备下载我的梦。我不停地念叨着一串数字，那是密码，我要用密码在空中编织一个网，以保护我的梦。

　　一个中年女人出现在现场。这人我认识，所以她就不得不在我眼前现形。她的眼睛里发出一种遮掩不住的阴毒的光，这目光像激光束那样投向承载着我的梦的纸张。我盯着她，看她要干什么。她两手空空，没带电脑，我觉得她不过是来凑凑热闹而已，没想到，她的眼珠竟然可以像蟾蜍的舌头那样猛然弹出，又闪电般缩回。随着她眼珠的伸伸缩缩，承载着我的梦的那些蓝色纸张上出现了一个一个洞孔，一些汉字从那洞孔里滴滴答答往外流。

　　她在偷我的梦！

　　我大叫，却发不出一点声音。

　　那个女人的眼珠，一刻不停地在空中飞旋。看起来，她的眼睛不仅偷我的梦，而且还有更危险的想法。我不知道该怎么办，心脏扑通扑通地跳个不停……

就像一只兴奋的跳蚤

　　我看到——其实是感觉到——有一些东西出现在地平线上，它们在行走。这些东西从形状上看，就像是河滩里的鹅卵石，可是它们并不想真的成为鹅卵石，它们正在努力地呈现为某种意象，从而让自己成为诗歌。此时，它们的愿望已经实现。它们不但成为了诗歌，而且每一句诗就是一支队伍，它们的想法是：走遍全世界。

　　那些东西刚刚出现在地平线上的时候，还只是若隐若现、若有若无，仅仅让人感觉到而已；到了后来，等我能看清楚它们的时候，它们已经走到了中俄边境。有一个声音在说："诗歌经过俄罗斯。"这是它们的一句口号，同时也暴露了它们的目标。

　　到了国境线附近，那些东西——也就是诗歌——突然变幻成电线的形态。它们不仅是电线，而且是橡皮包裹的电线，是绝缘的。这些电线呈现出黑、红、黄、白、绿等不同的颜色，在地上排列着，就像是编组站上的铁轨。我知道它们的想法：在这里重新组合——只有重新组合，才有力量。这是它们的意志，任何力量也无法阻挡。

　　我俯下身子，想看清它们是怎样组合的，可是这种组合是看不见的，大概是因为有橡皮包裹的缘故吧。组合的过程快过闪电，它们在重新组合之后，产生了一个决议：永不回头。

那么，它们最终将走向哪里？

仿佛是在回答我的疑问，那些电线——也就是诗歌——眨眼间以我为圆心朝四面八方均匀地分布开去，就像是四射的光芒。我明白了：它们要以这样的方式走遍世界。

我不知道该沿着哪条电线——也就是哪首诗歌的路径——走下去，只好吹着口哨在原地起跳。这是我唯一能做的。就在此时，那些电线——诗歌——突然一起用力，把我弹起来。

哈哈，来吧！

我一上一下地蹦跳着，越蹦越高，越蹦越高，就像一只兴奋的跳蚤。

三张纸写完的长篇小说

一片密密麻麻的文字，细看，是三张印满五号字的A4纸。一个意念告诉我：这是一部长篇小说，是我写的。

这么个篇幅，只能算是一篇小小说，顶多算是一个小短篇，怎么可能是长篇呢？如果我承认它是长篇小说，就等于我在说谎，我就成了一个虚荣可笑的人。可是，这三张纸却坚定不移地宣称，它就是一部长篇小说。我四下张望，想找个地方把它藏起来，别让它给我丢人现眼。

这三张纸已经知道了我的想法，它像是被惩罚的家犬那样，努力地躲避着，却又围着我团团转。哦，我知道了，它想向我证明，它真的是一部长篇小说。

就在我十分生气地盯着它的时候，一些人出现在我眼前。那是一群男人和女人，中间还有几个孩子，他们行走在一个集镇上。感觉这个集镇很熟悉，细看，原来是我小时候生活过的那个鄂西山镇，但眼前这些人我却从未见过，一个也不认识，他们也不跟我打招呼，只顾慌乱地四处走动，大概是在找吃饭的地方。在这个过程中，这些人彼此发生了争吵。他们在争吵的时候，只是张牙舞爪，却不发出任何声音，整个场景有一种虚拟的性质。我恍然大悟：这个场景是从那部小说里跑出来的，是小说的延伸部分。三张 A4 纸上的文字只是我小说的提要，小说真正的文本是以附件的形式存在的。表面上看，这小说只有三张纸，但当你开始阅读的时候，它会自动打开附件，向你呈现小说的全部内容。这是它独特的结构形式。

原来是这样！那么，它自称是长篇小说，是有道理的。哎呀，这是创新！

消除了疑虑，我就放心地往下读。

这时候，我已经知道这是一部长篇三部曲，刚才我看到的是第一部中的一些故事和场景。我接着往下看，一晃，进入第二部。第二部的内容是由一本一本书构成的，那些书的封面像电影画面那样依次展现在我眼前，一个意念说：把这些书读完，也就读完了三部曲的第二部——小说要写的东西都在这些书中。

我以极快的速度把这些书浏览了一遍，基本上都是哲学著作，其主旨是对人生意义的阐释。这时候，那第二张纸——也就是三部曲的第二部的提要——以急切的语气跟我说："一部书要深刻，光有故事是不行的，它需要整个人类出来证明。"它说这话的时候，就像一个在极力为自己争辩的孩子，结结巴巴，面红耳赤。显然，它害怕被我瞧不起。

　　读第三张纸的时候，我站在一片空地上，四野空茫。哦，对了，这部分的内容很简单，就是《等待戈多》。我是这剧中的一个角色，也就是等待戈多的那个人。我觉得无聊，想说几句台词，又不知道说啥才好，只好像风中的空塑料袋子那样晃来晃去……

舌头哭了

在茫茫黑夜里，我迷路了。

我记得，刚才我与一些人相聚在一座古堡里，古堡上方有一颗翠蓝色的星星，如果找到那颗星星，就能找到我所来的方位。可是，天上出现了五颗星星，四方各一颗，中间一颗。我站在正中间这颗星星下方，四周的星星在飞旋。那么，我应该往哪个方向去呢？这就是我迷路的原因。

河对岸一豆灯光，像萤火虫那样一闪一闪。

我像走失的孩子突然看见妈妈那样，无声地哭喊着往灯火的方向跑去。

这是一个农家，青砖瓦房，从木门光滑而深刻的纹路看，它的年份十分久远。两扇窗户亮着，证明屋里有人。我站在门前，敲门，我想问路。突然，我的舌头打了个死结，不能动弹，所以就发不出一点声音。

屋里传来脚步声。

天啊，如果这房子的主人开门出来了，我却说不出话来，那将是多么令人尴尬的事情！心脏剧烈地跳动，我转身欲走，双脚却不能动弹。

这可怎么办？呃，对了，我可以把舌头从嘴里拽出来，在舌头上写字。我决定用这种方法向这房子的主人问路。

当我拽出舌头的时候，发现它是一条两指宽的布条，蓝色的，破旧，布满灰尘。没想到我的舌头竟然是这样的，这大概是我长期不曾说话的缘故。我大窘，想把它塞回嘴巴里。就在这个时候，门开了。

竟然没有人！

原来，这木门其实是一张嘴巴；而亮着的两扇窗户，是眼睛。

我知道了，这房子其实是一个人，他的年岁很大很大，他在这里等我等了几千年。面对他，我必须说点什么，我也很想跟他说点什么。于是，我用右手甩动舌头，也就是甩动那蓝布条，我只能用这样的方式说话。

我像小时候在村口甩动燃烧的笤帚疙瘩那样，忘情地甩动舌头。舌头带着风，发出"呜儿——呜儿"的声响。甩着，甩着，舌头上的结不见了，舌头得到了解放，变成飘舞的丝绸，像一个扭秧歌的人，有一种欢天喜地的感觉。太好了，太好了！我激动得想哭。

就在我的舌头响着的时候，眼前的木门——就是那老者的嘴巴——也发出"呜儿——呜儿"的响声。这响声与我舌头发出的响声相互应和，它们像一对虫子那样在黑暗的旷野上此起彼伏地鸣叫。

　　我明白了：是伪装成房子的那个人把我引到这里来的，他想跟我说话。

　　我的舌头放声大哭。

人头灯拐跑了我的思想

山下是万丈深渊。山顶只有一张方桌那么大，其形状就像是一块浑圆的土黄色石头，令人想到秃子的头顶。我头朝下趴在那山顶上，半截身子已经悬空，眼看就要掉下山去。

有一些人头，在离我身体很近的地方飘浮着，我紧张地四下张望，但见这些人头像气球和长明灯，高高低低，闪闪发光。这些人头都生着长长的头发，长发一律向上飘起。这就是传说中的人头灯。

莫非，这些人头灯是来救我的？

可是……可是……这些人头灯能经得起我的体重吗？如果我趴上去，它们经受不住，那我不就……哦，也许这是人头灯设下的圈套，等我往上趴的时候，它们突然闪开了，我可怎么办？

我伸出一只手，抚摸着离我最近的那盏人头灯，朝下按了按，感觉就像是按着水中的葫芦，有一定的浮力，但不能确定它真的经得住我的体重。

就在我犹豫不决的时候，四周的人头灯忽然连接成一个网状飞碟。这飞碟由人头灯的长发编织而成，边缘向上翘起，状如鸟巢。这飞碟准是觉察出了我心中的疑虑，于是向我传递一个意念：思想的力量，是飞翔的翅膀。

这是在劝导我吗？它莫非是在说，人头灯代表着思想？（呃，这是一种隐喻——人头灯也好、鸟巢状飞碟也好，多么像人的脑壳，人的思想不是装在脑壳里的吗？那么，人头灯真有可能代表思想；至少，它可以成为思想的容器。）它莫非是在说，思想是可以飞翔的，并为飞翔提供动力？（这是否在暗示，具有思想和飞翔能力的人头灯是有力量的，它足以承载一个人身体的重量？）哎呀，这只是我的理解，人头灯们传递的那个意念的真正含义，我还是吃不准。既然如此，那么……那么……呃，有了，把我的手机——我全部的思想都存储在其中——扔过去，让它去打探人头灯们的虚实，然后我再做出判断。

动了这个念头，我的手机就自动进入到那个由众多人头灯构建的飞碟中了；当然，也可能是被那飞碟一把抓了去。就在那一瞬间，所有的人头灯都熄灭了，飞碟也不知去向。我上当了！天啊，人头灯是一个盗窃团伙，他们并不是要拐跑我的身体，而是要拐跑我的思想！

"我的思想！我的思想！"我四肢悬空，拼命地吆喝起来。

城　中

　　我爬了很高很高一座山才进到城里。感觉这是一座县城，但又比一般县城要大些，满街都是旧式青砖房子，歪歪斜斜，有一种明显的破败感。

　　在一个像是礼堂的地方，我在请客。不知道为什么请客，只知道是我在请客。来了很多人，大多是我的同事，大家坐在长条形的餐桌旁，餐桌上什么菜也没有；当然，也可能是已经吃过了，人们坐在桌旁闲聊。这时候，我母亲来了，她四下看着，眼神迷茫而陌生。显然，她不知道我在这里请客。她用问讯的眼神看了我一眼，我没吱声，起身把她让到桌子头上的那个位置坐下。那是首席。

　　礼堂里的人三三两两往外走。想起来了：到这里来，是为了搞一个活动——是一场运动——但具体要干什么，不清楚。人们在街上走着，男男女女把胳膊搭在彼此的肩膀上一齐往前走，像是游行，又像是在玩游戏。

　　我与那些人走散了。我来到一条小路边，看见报社的一位副总编在一张马扎上坐着，身边有一个小盆子那么大的土坑，坑里充满乌黑的大便。我拿起一把铁锨把小坑里的粪便铲起来，正准备把它端走，那位副总编说话了。他说："这个事情不适合用诗歌表达。"从他的表情看，他是在跟我谈工作上的事情，也就是在告诉我如何进行这次活动的报道。这家伙显然不喜欢诗歌。其实，我并没有要用诗歌来写这个报道的意思。

他说话的时候，带着居高临下的训诫神情。我很不喜欢他的这种态度，就把铁锨和铁锨里的粪便放回原处。我觉得，如果把那粪便端走就是在讨好他，我完全没有这个必要。他看了我一眼，在暗示和鼓励我那样做。我没有动。突然过来一位女士，是我的一位同事，她端起盛满粪便的铁锨小跑着离开了。望着她那鳗鱼一样晃动的深黑色背影，看出她是那样地得意——她知道自己立功了，所以很高兴，也很自豪。

我离开那个地方，沿着一条向上的街道往前走，走了几步，觉得无聊，就折返过来。这时候，看见一排女人在路边用铁锨翻地。她们嘻嘻哈哈地开着玩笑，很长时间才动一下腿脚。她们是在等着照相，她们为了照相而不断地调整姿势、调动表情。我终于明白了：这就是这次活动——也就是一场运动——的内容和方式。

这些人的举动让我感到无聊，我鄙视她们，不愿跟她们在一起，于是我回到了礼堂。

一个墙角的地上放着一堆茶壶碎片。从那些碎片看，这茶壶非常名贵，甚至是一级文物！这是我刚才请客的时候用过的，是谁、又是什么时候把它打烂的呢？要是赔偿，那得多少钱啊！能不能找个人把这茶壶锔一锔，然后悄悄地放回原地？呃，锔得好，说不定他们看不出来。我把那茶壶的残片拼接好，按照原样摆放到墙角的地上，就悄悄地离开了。

我决定回到家里过我的书斋生活。

在一条只有两人宽的小巷里，我骑着一辆自行车往前走，走着走着走不通了，面前是一个院子，一堵院墙挡在那里。我放下自行车，折回头，看见四周都是高墙，墙体斑驳，灰白的墙上有一道一道灰黑色水痕，墙的后面又是一个院子，有一些楼阁高低参差地站在那里。这是一个陌生的地方，我找不到出路，于是只能调头往回走。前头依然是一个院子。我发现这个院子里有一些很陡的台阶通向高处，于是我就沿着台阶往上去。呃，竟然登上了一座假山。想起来了，我从前来过这里，我知道，只要翻过这假山一直往前走，就能找到我的家。

我双手扶着假山两边的石头，把身子悬空，想从这里跳下去。当我的身子完全悬空的时候，我预感到要出事了。果然，我双手扶着的石头，突然向下塌陷……

天啊！

大地深处的墙壁

　　我站在两块大地之间的分界线上。左边的大地，山川草木清晰可见，宛如一幅巨型油画。从表情上看，左边的大地，明亮，开朗，友善，给人一种安全感；而右边的大地则显得幽暗而模糊，层层雾霾中藏着数不清的凶险。

　　一个声音说："那边，你绝对不能过去。"

　　这是不可抗拒的命令。

　　问题是，那个声音说的"那边"究竟是哪边——是左边，还是右边？它没有说，我也无从判断。从表面上看，右边危险，是不能过去的，但真实的情况又是怎样的呢？谁能保证我看到的这一切不是假象？如果我仅凭自己的判断，万一走错了方向，可就惨了。想到这里，我只好站在原地不动。

　　我知道，此刻我就站一条看不见、却又分明存在的分界线上。在这条线上，不小心摔倒了，或是无意中晃动一下身子，就可能滑到某一边去；更危险的是，我感到两边的大地都在暗中较劲，左边的大地想深入到右边的大地之中去占领它，右边的大地也有渗透到左边去的巨大冲动。那么，不论哪种情况发生，对于我来说都是灾难，我必须设法避免上述情况发生。

呃，有了！我可以在这两块大地之间，也就是在我所站立的这个地方的深处，弄出一道屏障来。在我的想象中，它应该是一堵由密度极高的物质构成的墙壁。为了防止左右两边在大地深处相互渗透，这深入地层的墙壁必须穿透整个地球。

这样的地下墙壁怎样才能建成呢？这是一个难度极高的工程。

突然，一个声音从虚空中传来："相对于深度，宽度已变得毫无意义。"

啊，这是在向我提示这个工程设计和施工的基本原理——用一种巨大的力量对右边那一片广袤的土地进行挤压，使之变窄；也就是让右边那片大地的宽度变成深度，依靠这种深度形成一堵穿透地球的墙壁。

弄清施工原理之后，我从怀里掏出一颗一颗像手雷那么大的微型原子弹朝右边那片大地摔下去。随着声声轰响，一朵朵蘑菇状烟云冲天而起。右边的大地被巨大的能量挤压，以极快的速度往我所站立的地方凝缩，到了我脚下之后，那大地变得像一块巨大的银白色铁片，向着大地深处扎下去。

我现在操心的是：要掌握好分寸，既要让那银白色的墙体穿透地球，又不至于把地球彻底切开。如果把地球切开了，就是一个事故，那可就麻烦了。

我怎么搞了这么个工程！我一边不停地朝地上扔着原子弹，一边紧张地看着不断下沉的地下墙壁，忙得连额头上的汗珠都顾不上擦……

赌命游戏

这是一个密闭空间，却广阔得如同大地，无垠的地平线像舒缓的音乐那样高低起伏，隐现出山峦、田野和草地。知道它是一个密闭空间，是因为这里的风景都是以缩微的方式呈现的；另外，这里光线幽暗，没有太阳。当然，幽暗是相对于室外而言的。这里若明若暗，一部分空间里的景物清晰可见，而另一部分空间则处于灰暗地带，就像是白天在带窗户的室内所感觉到的那样。

这里正在搞一项活动，人们在学习使用一种飞行器。一个意念对我说："这个活动有一个规则：凡参与者，均不得自行离开这个空间。学会使用这种飞行器的，可以获得赦免，取得生存权；学不会的，则必须作为靶子，任由飞行器追击，直至被打死。"

这是赌命俱乐部，这里的人们在玩赌命游戏。

赌命俱乐部成员大多是我的同学和熟人，其中有我大学同学猴子高以及我的同事光头李。这个空间太大了，我看不清他们的脸，却能感知他们的一举一动。他们在离我很远的一个角落里，那个地方光线幽暗。我感觉他们面带微笑，正在轻松自如地摆弄那个飞行器。那东西很像是我小时候玩的陀螺，又有点像箜篌，反正是一种圆形、能旋转的玩意儿。这种看似玩具的玩意儿，其实是一种超级先进的飞行器。既然是超级先进的东西，操作起来一定很麻烦吧。但对于猴子高和光头李他们来说，玩这个东西简直就跟玩一个熟悉的玩具一样轻松顺手。我看见——其实是感觉到——他们随手一掷，那飞行器就带着光芒腾空而起，在空中画出一个流畅的弧，以一种完美的姿态飞翔，看得我眼花缭乱，羡慕不已。而我，怎么摆弄也不能让它飞起来，我甚至想不明白该怎样操作。

我怎么这么笨！

唉，我只好被人当作靶子了。

我绝望极了，直愣愣地站在那里，无奈地看着那个飞行器径直朝我飞来。我本能地动了一下，是想躲避那东西。这时候，我发现在这个空间里，人就像是在月球上那样处于半失重状态，我轻轻一动，身体就悬空了。但我知道，这种悬空状态并不能拯救我，我已是在劫难逃。

这时候，追击我的那个飞行器已经来到我身边，悬停在与我脑袋齐平的空中。我把它看得一清二楚：这是一个大约二十厘米长的金属物件，前端特别像陀螺的尖部，它高速自转着。我知道它的引爆装置已经开启，随时都会爆炸，随时可以向我撞击，就跟一颗飞到眼前的子弹那样。我听见了它的嗡嗡声，一股阴冷的风扑到我的脸颊上。天啊，它就要爆炸了！我的脑袋，会像被打爆的西瓜那样，砰的一声炸裂，我似乎已经看见我脑壳的碎片和脑浆一起飞迸的慢镜头。

可它，此刻依然悬停在那里！

对于我的老同学和我的那位同事来说，这是对我的怜悯——不忍心把我打死；而对于那个飞行器（其实就是爆炸物）来说，则是对我的戏弄——它是在故意延长执行死刑的过程。

我浑身颤抖，绝望地闭上了眼睛。

耳边的嗡嗡声突然消失，我睁开眼睛，发现脑袋边上的那个飞行器——也就是那个飞旋的爆炸物——已经从我眼前消失，飞到了幽暗的远方。我知道，它只是像猫把嘴里的老鼠暂时放下那样暂时放过了我。果然，一转眼，那飞行器正带着烁热的红光，在幽暗的前方猛然调转方向，继续瞄准了我。看啊，此时，它正飞速地，向我，飞来……

连天空都愤怒了

在某座城市的边缘，发生了一起很轰动的事件：有人在公路正当中建了一座房子。

这条公路距城市不远，公路右侧隐约可见一个居民小区，小区的天际线高低起伏，像一幅速写，又像蒸腾的烟雾，使那个地方看上去深不可测。那小区之所以烟雾腾腾，是因为它的心里藏着一些复杂而混乱的想法。现在，这个小区（感觉它是一个城中村）的想法已经暴露无遗："这是我们的地盘，我们有权在路上建一座房子。"其理由是：小区门前还有一条路，即使把小区旁边这条公路给堵住了，往来车辆和行人可以走小区门前的路（"这个世界上，要那么多路干什么？"）。

这个小区的思考力和执行力都是很强的，它很快整合了各种想法，把不同意见从烟囱里排出去，最终剩下的是一个统一的意见，并据此形成了在路上建房和在小区门前收过路费的决议。

就在小区做出这个决定的一刹那，一座红砖楼房已戳在公路当中了。原来，那房子在地下等了很久很久，它等待的就是这个决议；决议一出台，它立马像鼹鼠那

196

样从地下蹿将出来。这房子是一座两层小楼，红色砖墙湿漉漉的，浑身冒着热气，而且气喘吁吁，这是它从地下蹿出来的时候用力过猛的缘故。这小红楼与路边上原有的那座青砖楼房并肩而立，亲密得如同一对手拉手的兄弟。

当小红楼出现在公路上的时候，房子背后的天空突然黑了下来，乌黑乌黑的。

一个声音响彻四方："连天空都愤怒了！"

大概是因为听到了这个声音的缘故，那小红楼，一闪，消失了。这说明它心虚，自己也觉得这个事情做得太过分。当然，也可能是被人强行拆掉了，因为小红楼原先所在的地方此刻空空荡荡，只留下一些烂砖头，地基上——也就是路面上——凸凹不平，成了一个废墟。那座依然矗立的青砖楼房满脸怅然若失的表情，它一定是感到了孤独。

一个男孩子从那条刚刚腾出来的公路上大步走来，公路映出他的身影。他的身影在经过小红楼遗址时突然发生了严重扭曲，那身影一片纷乱，就像被扰乱的水中倒影。这是小红楼的幽灵造成的，它是在借此发泄愤怒而无奈的情绪。

我认识这个男孩，知道他的底细：他今年二十三岁，无业，一个游手好闲之徒。他穿着一双像舢板一样的运动鞋在这条公路上来回走动，脚步响得就像是打桩机的声音。他经过的地方，地面在颤动。

他究竟代表哪方利益——是天空，还是那个小区？他这么走来走去，是要干什么呢？

我在一边看着，心里一片茫然。

我被那男孩走路的力度迷住了，就模仿他的样子甩开臂膀大步走起来。我用尽全力在地上跺着脚，却无论如何也发不出像他那样自然而响亮的轰隆轰隆的脚步声。这让我很不好意思。

天空，瓦蓝瓦蓝地俯视着我和那个男孩；而路面，也在忽明忽暗地望着天空，像是在忽闪忽闪地眨着眼睛。从眼前的情形看，马上又将有大事发生……

跑掉的素材

有关方面组织了一个大会，究竟是什么会，不清楚。我得到的指示是，必须参加，并且要在会上讲话。

记得有一个女孩子曾经给过我一张会议议程表，那是一张粉红色的纸，上面写着一项一项议程，自然包括我应该在哪个环节上讲话。那张纸找不到了，所以我就不知道要讲什么，也不知道应该在什么时候上台讲话。我在会场外徘徊，心里一片茫然，却又在惦念着上台讲话的事情。我知道，在这个会上讲话，是我义不容辞的责任。

我所在的地方离会场很近，可以清晰地听见会场上的声音，甚至能看见会场里的情形。离会场这么近，是为了在适当的时候——该我讲话的时候——随时进入会场，去完成我的任务。但我知道，我置身的地方与会场不是同一个世界——我所在的这个世界是由一口水井操控的。这水井，表面上看与一般的水井并无二致，实际上，它却是一个十分高级的创作者，甚至可以说是造物主。凡是在这个井口出现过的人，都会被它捉住，水井会留下那人的容貌和身影，然后据此再造一个人——这是水井独特的创作方法。水井创造出来的人并不具备肉身，而只是虚拟的人形，与现实中的人明显不同，所以我能轻而易举地辨认出他们的真实身份。

此刻，我被这些虚拟的人包围着。这些人虽说是虚拟的，但一个个栩栩如生，有鼻子有眼，能像真人一样走动、谈笑，只是在与他们握手或触摸他们身体的时候，我的手可以毫无感觉地穿透他们的身体。这些虚拟的人舞动着手臂，哇哇叫着，争着抢着跟我说话。他们是想以此种方式吸纳我的真气和能量，从而成为真正的人，所以我不说话，甚至连呼吸都很轻很轻——这是我的防卫手段。这些人当中的一个，大概看出了我的用心，突然捂着脸哭起来，一边哭一边说："为了能听您讲话，我等了三千年，可是您……"她指着会场的方向，继续哭诉："他们，还有我们，就是为了参加培训才成了人。"

原来如此！

我难过起来，为我的自私而羞愧。豁出去了！我决定领着这些虚拟的人去参加那个大会，我要他们成为真正的人。这一刻，我知道自己应该在那个大会上讲什么了。

动了这个念头之后，我一转身就出现在会场上。这会场是一个没有墙壁的空间，在一排栅栏背后坐着一排一排石头人。一个花白头发的老年男子在台子上一手卡腰一手比画着，他的嘴巴一张一合，在无声地发表讲话。他的脑袋不停地上下甩动，像是很激动的样子，而那些石头人却一动不动。我记得这个会场上的听众原本是一群活生生的人啊，莫非是此人的讲话使他们变成了石头人？

怎么会是这样！

这个局面让我很尴尬，仿佛是我做错了什么。我想跟与会者解释一下，扭头一看，跟在我身后的那些虚拟的人，不知什么时候已经消失得一个不剩。这都是我的创作素材啊！我带他们到这里来，是为了让他们变成有血有肉的人物；我正在为此而努力着，可他们怎么就跑了呢？

"我的素材，我的素材！"我大哭起来。

请　客

这是一个中午，我在一个招待所里请一些朋友吃饭，结束的时候大约是下午三点多。我在餐厅门口送客人的时候，突然看见老同学肖红卫从餐厅右侧的电影院里出来。他啥时候从监狱里出来的？我心里一阵惊喜，就大步迎了上去。

从电影院里出来的人黑压压的，就像从排污管里流出的一股污水，肖红卫的光头就浮动在这黑色的人流之上。我唯恐认错了人，就盯紧了看。是他！他皮肤煞白，光头，微胖，还是二十多年前的样子。从他的表情上看，他显然也发现了我，却故意往人群里头钻，想悄悄地溜走。我挤上前去，被人流冲击得滴溜溜转，却依然没有忘记大声喊他："肖，红，卫！"他不好意思地站住了。我说："你啥鸡巴人啊，出来了，也不打个招呼！吃饭了没有？"

他不好意思地笑了笑，显然是没有吃饭。

"走，我请你吃饭。"我拉住他的手，把他拽到我请客的那个餐厅里。我把他引到一个老式灶台边上，那里有一把木凳，我把他按在木凳上，然后就匆匆往外走，我要给他买点吃的。

　　我来到大街上，走进一个大院子，这是供销社兼饭馆。这里打烊了，啥也没有。我从那里走出来，一家一家打听哪里有吃的。走着走着，我来到一个社区，看见好多人——大多是老年人——正在看露天电影。电影银幕上亮堂堂的，却看不清上头的画面，只见银幕上鼓出来一个星形金属图案，正在哧哧啦啦地往外放电。就连这样毫无内容的画面，人们依然兴致勃勃地瞪眼观看，看起来人们并不在乎电影的内容，只要是电影就行，他们喜欢的是这种热闹的氛围。

　　从观众的表情和衣着打扮判断，这里从前是城中村，这里的居民从前都是农民，村庄被拆迁了，他们成了市民，却依旧保持着农民的生活习惯。他们一边看电影一边会餐，地上胡乱摆放着餐具，是一些圆形小铁桶，跟罐头盒子一样，空的。我来到这里的时候，他们的会餐结束了。我想跟他们商量，看有没有吃剩的东西。这时候，一些人正从一个青砖月门进进出出。迎面碰见一个老头，他大约六十多岁，黑黄色皮肤，微胖，脸上泛着油光，我问他："还有吃的没有？剩饭也行，我买一点。"他没有搭理我，只顾跟他身边的一个老妇女说话，他的腔调流里流气，显然是在勾引那个女人。那个老妇女随手拿起一个空铁桶子在我眼前晃了晃，龇着黄牙对我说：

"没有啦。要吃就只能吃铁。"

她的这个说法让我很生气，我怒气冲冲地走出那个社区。

天色暗了下来，应该是下午六点多，街两旁的店铺都关着门。一恍惚，我看到了肖红卫坐在那木凳上苦苦等待的样子，心里很着急，也很愧疚，就急匆匆地往回走。既然已经错过了午饭，那就请他吃晚饭吧。我知道他没有走，我要去找他。

正走着，碰见我老婆，她知道我在为肖红卫买饭，就说："你啊，办事的思路出了问题：你不应该给他弄饭，而应该让他去做义工——这对他有好处。"咋会说出这等话来！我很生气，就瞪了她一眼。她解释说："如果你能让他摸到一棵树就好了，树木能输送给他能量。"

我不同意她的说法，但我承认是自己的思路出了问题：错过了饭点，就不应该去买饭，而应该回到家里找点饼干、面包或是方便面之类的东西让他先垫垫肚子。想到这儿，我飞奔起来。

跑着跑着，我突然停下脚步。原来，那肖红卫此刻就出现在我面前，他正在低头吃着什么。到他跟前一看，他正在吃着瓦片儿。我心里又是一阵难过：唉，我没有给他买来饭，竟然把他饿成这个样子！可是，肖红卫却笑嘻嘻地看着我，依然在嘎嘣嘎嘣地吃着。他用无声的话语对我说："这瓦片儿是甜的，可以吃；我之所以被抓进去，不是因为我吃瓦片儿，而是他们认为我的吃法有问题。"

我怔怔地看着他。此时，他手里抓着一片长满青苔的土瓦，一边吃一边朝我笑着。

我突然想哭！

人体弹夹

有一个人，他手里拿着一个像竹竿那样的东西，那东西其实是枪。那枪，连接着他的身体，他对着大地不停地扫射。

那人站在地平线上，脚下是一望无际的水。

那水，是他射出去的子弹变成的；也就是说，他的身体其实是一个弹夹，为他的枪提供取之不尽用之不竭的子弹。

那人在无休止地射击，射出去的子弹落地之后变成了水；水通过他的身体又变成子弹，然后通过枪口射出；射出去的子弹再次变成水……就这样循环往复。

从那人咬牙切齿的表情看，这不是游戏，而是一场严酷的战斗。

如果这是梦就好了

　　山顶上有四道车辙，微微泛着青灰色的光。车辙上没有草，看上去就像是道路。那么，就权当它是路吧。右侧的路，平直地向前走；左侧的路则向山下而去。我沿着右侧的路自西向东走，有一首自由体诗从我心里冒出来，它一边探头探脑一边用含糊的语气对我说："我要……找一首……古诗词，当作帽子……戴在头上。"我说："'都门帐饮无绪，留恋处，兰舟催发'，怎么样？"

　　诗歌的声音消失了，它大概是陷入了沉思。

　　左侧的路上自东向西走过来三个人，一个是我的大学同学，另外两个是我在报社的同事，他们拉着板车，板车上装的是灰色石子，满满的，感觉很有分量。板车沿着斜坡往下走，此时来到悬崖边，停在那里。我看见他们，就赶紧走上前去，想帮他们一把。这时候，我的那个同学突然朝着悬崖冲了下去。就在这一瞬间，我的脊梁后头猛地一动，原来是他拉着的那辆板车紧紧地顶着我的脊梁。也就是说，我的同学——那个愤青、那个二流子、那个不负责任的家伙、那个不理性的浑球——把板车交给了我，他跳崖了！

天啊，那可是悬崖！

呃，他竟然没事儿！只见一个小小的黑色身影，像一只蜥蜴正从悬崖下的河谷里快速往上爬，那就是他。而我们三个人，离悬崖已经不到一米远了！我用尽全力向后顶着，试图把车子往后倒，可是一点作用也没有；不仅如此，车子还在缓慢却持续地把我往悬崖边上推。车子太重，坡太陡，大概有六十度吧，这样的重量、这样的坡度，即便是想弃车而逃，也已经办不到了。

怎么办？怎么办！

我的两个同事在低声商量着，并紧张地交换眼色，他们的意思是：咱们就连人带车往下跳吧。

我说："不行……那是要粉身碎骨的！"

可是，沉重的板车在背后推着我的身体，我的脚蹭着地上的石头，整个身体正一点一点地向着悬崖而去。我的鞋子已经擦出火星啦。啊啊，顶不住了，顶不住了，离悬崖只有几寸远了！

天啊，咋会碰上这样的倒霉事儿！唉，如果这是梦就好了！

醒了。

啊，真的是个梦！

这就好了！这就好了！我长长地舒了一口气，发现我们的板车其实不是在悬崖边而是在另外一条小路上。

这是一条只有一米多宽的水泥路，水泥路的前方是一排向上的台阶，那板车就在这台阶的下头。啊呀，只要不是在悬崖上就好！

这时候，来了一个中年男子——是我的老领导派来的——他从我手中接过板车，推着它上了台阶。这家伙，真是一个大力士，竟能很轻松地推着装满石子的板车沿着台阶飞速地往上冲。板车发出"砰砰砰砰"的声响，车轮冒着股股蓝烟，就像奋力前行的手扶拖拉机那样。真是太神奇了！

我如释重负，轻松地坐在一张石桌旁，跟我的二侄女说起刚才经历的那件事。她双手支着下巴，瞪着眼，专注地听我讲述。当我说到"如果这是梦就好了"的时候，她拍着巴掌，兴奋地说："这可以作为标题——你不是作了一首诗吗？那首诗如果没有标题，这个正好可以当作标题。"

我想了想，明确地对她说："问题是，我刚才是在做梦；现在，已经醒啦！"

失　控

　　我开着一辆中巴车。我是站着驾驶的。突然，车前出现了一个农家小院，汽车眼看就要撞上去了。当时我站在汽车挡风玻璃后面，我想让车停下来，脚在驾驶室里不停地踩着，却找不到刹车装置。没办法，我只好眼睁睁地看着汽车朝那院子的大门撞去。

　　呃，车只是轻轻地挨了上去，然后自动地往后退了退，调头停在路右侧的一辆农用车背后。我立马明白：这车没有撞上院子，是因为地上有一个看不见的装置，车轧到了那个装置，装置被启动，这才避免了一场车祸。此时，汽车的刹车依然处于失灵状态；即使没有失灵，也是不行的——我的双脚依然没有踩到刹车。我的车显示出高度的智能化，它先是轻轻地挨住了那农用车的尾部，然后自动地倒退了一点点，停在那里。

　　我进到眼前这个院子里。我熟悉这里的一切，仿佛这是我的家。这里的房间挺宽敞，虽说光线有点暗，但感觉很舒适。我在这里忙活着，又好像是什么也没做。就在这时，突然从门外飞进一只彩色的鸟。这鸟，五彩缤纷，闪耀着光芒，拖着一条像丝绸床单那么长的五颜六色的尾巴。这鸟的颜色以翠蓝和金黄为主，间杂着斑斓多彩的颜色。那斑斓的颜色在它的身上极为和谐，浑身的光芒既明丽又不炫目，呈现出不可言说的极度的和谐美。鸟头上有一个高高翘起的冠子，金黄色，分为三支，它微微晃动，就像是油菜顶端摇曳的花朵。

一个意念说："这是凤凰！"

我想捉住它，却又怕伤害了它；不捉住它吧，又唯恐它飞走。

我怀着既激动又紧张的心情，寻找落在屋里的凤凰。那凤凰并不躲藏，也不挣扎，而是很温顺地让我抱起它——它进到屋里来就是为了让我抱它。我想起跟我一起来的一位朋友和她的父亲——这是两位作家，此时他们正在不远处的野地里踏青——我想把这件事情告诉他们，让他们也来看看凤凰。

一个身披白纱的中年女人突然窜进我的屋子，从我怀中抓起凤凰就往外跑。我犹豫了一下，但还是决定把凤凰夺回来——我不能让她弄坏了我的凤凰。这凤凰已经属于我，它跟我有难以割舍的亲情，所以我不再讲究风度，硬是逼着那个女人把凤凰还给了我。

那凤凰在我的怀里自动地缩小了尺寸，变得特别适合搂抱。我在屋里四处走动，想找个笼子把凤凰装起来。想起来了，我家从前有一个兔笼子还算宽敞，我想把那个笼子找出来，当作凤凰的窝儿。

我突然担心起来：这凤凰要是老了，变得肢体僵硬、羽毛苍白那可怎么办？毕竟，任何东西都会老去。想到这里，我在屋里走来走去，焦急地想着办法。终于，我想出了一个办法：用相机把凤凰拍下来，制作成照片，每天往照片上涂抹一种防腐剂，这样就可以确保凤凰永葆青春和美丽。

就在我琢磨这事的时候，停在门外路边的汽车自己跑了。我赶紧把凤凰放到屋里，出门去追我的汽车。我的汽车并没有走远，它停在前头的路边，在那里等我。我知道，它有点生我的气了。刚才，我只顾着照护那只凤凰，而在无意中冷落了我的汽车。

哎呀，汽车竟然也会吃醋！

这汽车显然是看透了我的心思，车灯一明一灭地闪动了三下。这是灯语，它的意思是：小心，在智能化时代，万物有灵！

他们废除了婚姻法

这是一个晚上，我和我老婆睡在学校的教室里。教室没有装窗帘，窗外的天色不是彻底的黑而是半明半暗，所以睡在这里我感到心里不踏实；好在，晚上没人从这里经过，也就这样对付过去了。可是，天亮的时候，出事了。

我发现，我老婆睡的那一头竟然是湿的，差不多湿了半张床。可能是她溺床了，也可能是……反正是她把床弄湿了。我们搭的是地铺，紧靠教室门口。她在她那头的床边弄了一堆火，不紧不慢地烤着，满脸很坦然、很享受的神情，就像是坐在野营的篝火旁。我很生气，埋怨她怎么把床弄湿了——毕竟，这是一件很丢人的事情。

她不慌不忙地继续烤着被褥。突然，门口来人了，有男有女，都是我的同事和熟人。从他们的神情看，他们是到这个教室来参加活动，或是要在这里举办沙龙。

我急忙坐起来穿衣裳。穿裤子的时候，我发现自己竟然没有穿裤头。那些人不回避，我又不能不起来，只好硬着头皮当着他们的面开始穿裤子。在提裤子的时候，我那原本软塌塌的生殖器突然生机勃发，大幅度地晃荡起来。从一位女同事的表情上看，她已经看到了，却又装作没看见。我知道这位女同事是结过婚的，已经离异，如今单身一人。她貌似平静而超然，以一种过来人的神态努力地表明自己见多识广，对于眼前的尴尬场面并不在意，但她那带钩的眼神又暴露出对我那裆中之物的兴趣与渴望。啊，这里头的人大多数是离过婚的，他们的眼神里充满了对性的洞悉和渴望！这让我更加心慌。可是，越是慌乱越是提不起裤子。

可能是因为眼前这个床铺和我穿裤子的举动引发了来人的思考，这些人突然决定：在这里开展一场以婚姻与性为主题的大讨论。

刚有这个动议，突然，一个重大消息在人们中间无声地传播开来：国家废除了婚姻法。

人群中出现了一个长发男子，他右手拿着一个小木棍，像乐队指挥那样晃动着，大声说："婚姻法的废除，旨在提醒人类：结过婚的、没结过婚的、离过婚的，大家机会均等，想跟谁好跟谁好。"

人们对他的话哄堂大笑，意思是：纯属废话！

"群居啊——群居啊——儿吼吼！"

"野合啊——野合啊——呀吆咿呀吆！"

这些人围绕着我走动起来，他们一边走动一边举起拳头呼喊起来，伴着呼喊声，他们开始吟唱。人群中，女人们的口号声特别响亮，从她们闪闪发光的眼神看，她们特别拥护婚姻法的废除。看着她们红扑扑的脸膛，我既感动又心酸。

门口出现了一个老头，他头发花白，神情委顿，脸上的皮肉松松垮垮的，像是火鸡的脖子。大家都认识他，他是一个著名的老上访户，他上访的理由是：跟老婆闹离婚。他很年轻的时候就闹离婚，闹了差不多一辈子，现在突然听到这个消息，他愣了一下，转身就走。我以为他会兴高采烈、欢呼雀跃，谁知他一边走一边跟身边的那个人说："我失去了生活的动力。"

我对这个老头很感兴趣，就跟着他一起往外走，想看看这个失去了婚姻法约束的人，接下来会干些什么。他什么也没有干，只是脊背突然驼了，是从脖颈那里开始驼的，驼得很厉害，整个人看上去就是一根移动的文明棍。身边的一个人小声对我说："他有两个儿子。"我对这个老头突然鄙视起来：他既然闹离婚，怎么又跟老婆生了两个儿子？这充分说明他是一个立场不坚定的家伙！

那个老头显然是洞悉了我的想法，他一边拖拖沓沓地往前走，一边自言自语："唉，可惜子弹已打光。"他这话是什么意思？肯定是在叹息把精力都消耗在自己老婆身上，现在面对性开放的大好形势，自己却已无能为力。

这时候，我站在一个天井院里，一个人影从我眼前闪过。那人飞跑着穿过天井院往院子东边的黑色门洞跑去，他一边奔跑一边吆喝："蝴蝶效应！蝴蝶效应！"

这是一个黑人，他穿着一身白色西装，胳肢窝里夹着一个像门板那么大的文件夹。显然，他有一件十分重要的情报要发回国内——此人是一位驻外大使。虽说我不知道他要发的情报是否跟婚姻法的废除有关，但我知道，接下来，这个世界将变得复杂、热闹和麻烦……于是，我缩起脖子在一个墙角坐下来，生怕被人看见，因为这一切都跟我有关——毕竟，是我和我老婆在这个教室里睡觉，才引发了这么多事情。

唉，接下来，该怎么办呢？

我紧张地四下探看。

掏不完的摄影包

　　我和两个同事骑着自行车来到一个城市，我们把自行车放在体育场一侧的角落里，后来却找不到了，大概是因为这里要举办运动会，把我们的自行车当作杂物清理掉了。我们在体育场四周找来找去，到底没找到，只好沿着一条公路往回走。

　　走着走着，看见路边有两个女子正在用手机拍抖音。那两个女子都在二十岁左右，一个高些，一个矮些。高个子女孩皮肤白皙，身材窈窕，头发乌黑，给人一种妖艳风骚的感觉。她拿着手机，身体前倾，屁股撅着，用一种夸张而迷人的姿势给那个矮个子女孩拍照。其实，她的目的并不是要取得矮个子女孩的影像，而是通过采集她的面部信息，将它转化成这女孩母亲的容貌。这是一种前所未有、令人惊讶的摄影技术。我对此很感兴趣，就走上前去想看个究竟。

　　当我走到这两个女孩跟前的时候，她们正头对头地看着手机屏幕上的画面。那手机屏幕上有一张十分美艳的女人的脸，拍照的高个子女孩用手指在那张脸的额头、鼻子、嘴唇上飞快地点着，于是屏幕里的照片上就布满了红色指印。红色指印十分浓郁，像印油。由于手机屏幕里那幅影像被这红色指印所覆盖，于是就辨认不出那个女人原来的容貌了；更有意思的是，从屏幕里的人脸和红色指印中间分离出许多线条和色块，以极快的速度勾勒和描绘着一张全新的面孔。这就是创作。

就在我抻着脖子惊讶地看着那手机屏幕的时候，高个子女孩突然朝我扭过脸来，皱了皱眉头，说："你的负担来自你的背包，我闻出猴子的味道。"

她的话让我十分羞惭。真的，我的背包正散发着动物的腥臊气，很浓很浓。

原来，我背着一只脏兮兮的绿色摄影包。经那女孩这么一说，我觉得这个包让我十分丢脸，于是我一边走一边清理它，我要把包里的东西统统掏出来。没想到，从摄影包里掏出来的，竟然是一卷子像电影胶片那样的东西；更奇怪的是，这些胶片眨眼间变成了房子、汽车、办公桌之类的东西。这些东西如过江之鲫，一个挨一个从我的摄影包里往外流，滔滔不绝。随着这些东西的流动，一阵阵浓烈的狐臭、汗臭、屁臭夹杂着陈旧家具的霉烂气味扑面而来。

这是怎么回事？

我以越来越快的速度拼命地往外掏，却怎么也掏不完。

　　这些东西难道是气味变出来的？否则，我的摄影包怎能装得下这么多东西！

　　我大窘，紧张地朝四下瞅来瞅去，真想找个地缝钻进去……

亡灵的托付

　　这时候，我的儿子大概只有五六岁，白白的，不胖也不瘦，很结实。我们爷儿俩在一个小区的甬道上玩游戏，我跑，他追。他追赶我的时候，身手矫健，就像哪吒。他一边追一边用手中的纸飞机朝我身上扔，纸飞机飞得很快，而且追踪得很准，就跟微型无人机一样，不论我怎么跑、怎么躲闪，每一次它都能撞到我的头上、身上，儿子就在后头咯咯咯地笑个不停。

　　为了躲避那纸飞机，我时常会跑着跑着突然拐到甬道旁边某座房子的墙角处；可是，每一次，儿子总能在墙角找到我。找到我的时候，儿子就笑得更开心了。这样，我们的游戏变得复杂了一些，像是捉迷藏，很刺激。

　　为了使游戏更刺激，我突然加快了奔跑的速度。跑着跑着听不到儿子的脚步声了，也不见纸飞机飞来，我转身看去，只见儿子正双手着地，小屁股撅着，看样子他是要玩倒立。这给了我一个躲藏起来的机会，我闪身朝甬道左侧的一栋房子里躲去。

　　这是房子的北墙，屋檐下有一片阴影。当我走到阴影下的时候，那墙壁突然朝房子里头凹陷下去。那堵墙其实是一扇门，门扇正从外朝里开去；此时我贴在那门扇上，被这门带进屋里。屋里头是浓浓的黑，这黑，随着我的进入而不断加深。这浓汤似的黑里有丝丝缕缕的东西，我只能感觉到这东西的存在，却看不见。这一团黑，正在把我朝屋子里头吸、往黑暗深处拽，我仿佛正在沉入一口布满水草的深潭。

我知道，这黑，是另外一个世界，是现实世界之外的另一种存在。我就要被融化——溶化——在那一团黑里了。

儿子在外头喊我："爸爸——爸爸——"他的声音像是从水下传过来的，含糊，遥远，紧张，战栗。

如果继续待在这里，儿子就找不到我了，他会吓哭的，他会跑丢的！我从屋里挣扎着往外去。

身后那一团黑停止了对我的吸引和拖拽，变得犹疑和若有所思，于是我继续努力向前，试图挣脱它。突然，一股阴气朝我后背吹过来，我感到脊梁正中间的部位出现了千千万万细小的手指，这些手指不停地抓挠着，像一群虫子在我脊梁上爬来爬去。这些手指是在传达一种急迫的心情。我突然灵醒过来：这里曾经发生过一场大战，死了很多很多人，这屋里的黑，是无数战士的亡魂凝聚而成的。此刻，这黑——也就是无数的亡魂——并不是想把我困在这里；恰恰相反，它们（他们）是想放我走。它们（他们）之所以不停地抓挠我，是想让我回到人间之后给他们家人捎信，报告他们藏身于此，并告诉他们的家人，他们想回家却找不到家了，如果家人想他们，可以到这里来。

我想尽快走出这黑，却怎么也走不出去。我浑身发冷，而脊梁上那些手指的抓挠也越来越急切和烦乱。我缩着身子，大声地，呜呜地，吆喝起来……

我的角色是"流浪者"

大礼堂里聚集着很多人，不知道是要在这里开会还是要搞一个派对。我是作为嘉宾被请去的，在那里见到了许多熟人和朋友，他们或者跟我寒暄或者朝我点头，气氛融洽而随意。

我去得早，礼堂里的人稀稀拉拉的，座位很多，没有座签，人们可以随意坐。我找到一个靠后并且靠边的地方坐了一会儿，然后起身在礼堂里走来走去。我知道，会场前面的空位很多，到了开会的时候我可以任意挑选。

突然，礼堂前门那里人影散乱，传来一片闹哄哄的声音，原来是进来了一大群穿戏装的人。这些人进来之后，开始抢占礼堂里的座位。这时候，我的一个好朋友打手机给我，说他身边有两个座位，让我赶紧过去。他的座位在前排，我找到他的时候，看见他的左边和右边的座位都空着，就赶紧挤过去，准备在他右手那个座位上坐下去。没想到，我的这个朋友满脸紧张和不耐烦的表情，他指了指那个座位前面的桌子，说："你没看见这里有人？"那座位前的条桌上果然放着一团像是衣服又像是提包的东西，说明那里真的有人——起码是有人占了座位。我尴尬地退回来，准备坐到他左侧的空位上，这时候来了一位女诗人，很自然地坐到了那个座位上。原来，那是她的座位。

我从那一排退出来之后，在礼堂里四下观看，想找一个座位。我看见——或者是感觉到了——几个空位，但那些空位置时而空着时而有人，变幻不定，这让我心神不宁，只好在礼堂的过道上走来走去。

活动开始了，戏子们在演出。看不清演的是什么节目，凭感觉，他们是在玩魔术，空气中弥漫着虚假的味道。我感到无聊，一下子失去了在这里继续待下去的兴致，也就不再寻找座位。特别是想起那位朋友刚才的态度，我很伤心，就决定离开这里。这时候，我发现我的手机放在一张桌子上，那里空着一个座位，应该是我的座位。我去意已决，就一个人走出礼堂，沿着一条沙石小路往前走。右侧是一座山，山脚下是一孔一孔石头窑洞，窑洞里传来噼噼啪啪的响声。是掌声、鞭炮声，还是枪炮声？弄不清。但我知道，这些窑洞连着那个礼堂，演出还在进行，这里依然是剧场。

我突然明白了：整个活动其实是一场演出，我是其中一个角色。按照剧情设计，我必须离开礼堂，我的角色是"流浪者"。

斗　法

　　我大恼。有人伤害了我。那是个老女人，她伤害我的方式是轻蔑地白我一眼，然后拂袖而去。现场有很多人，这让我很没面子。

　　我独自站在山岗上。我之所以站在山岗上，是想让自己显得高大。从当时的情形看，这是我唯一能做到的。

　　一个声音说："把空中的树喷射到大地上。"这也正是我的想法——我要以此显示我的力量。这是一种报复手段。

　　草木从四面八方朝我聚拢过来，它们汇集在我的两条臂膀上，丝丝缕缕，相互攀扯，眨眼间编织成两只绿色的网状之翼，无边无际，收放白如。草木们成了我的翅膀，它们的想法是让我飞。

　　啊哈，我成了羽人！

　　对于羽人来说，要飞，只须动一下念头就行了，并不需要扇动翅膀。真的，我仅仅想到"飞"这个词，就已经来到高高的山顶上。脚边是悬崖，悬崖边有一个像是亭子又像是小庙的建筑，门口挂着竹帘，感觉那里头深不可测。透过帘子，我隐约看见里头坐着一个女人——

也许是两个——这就是曾经伤害过我的人。我舞动手臂，要把满身的树木向她或她们投射过去。其实，我并不是要伤害谁，我只是想展示自己的能量。突然看见那女人的脸上露出惊喜（其实是窃喜）的表情，我停了下来。原来，这是一个诡计——她或她们出现在这里，是为了获取我的能量。

我朝脚下连绵起伏的山头看去。一瞬间，所有的山都活了过来，它们像一群惊慌失措的秃头和尚，弯着腰，捂着裆，鬼鬼祟祟地四散而逃。我到这里来，原本是为了拯救它们的——我要让山峦插上翅膀；有了翅膀，它们就能摆脱终生站立的悲惨命运。可是，这些山峦大概受到那老女人的挑唆，觉得我是要对它们实施变性手术，所以就拼命地逃跑。

这些愚昧的山峦，让我既好气又好笑，却拿它们没办法。唉，它们简直就像是一群不知好歹、冥顽不化的猴子！

这都是那老女人的手段。看起来，这是一个十分不好对付的主儿。那么，接下来怎么跟她斗法呢？我一时想不清楚，只好垂着绿色的翅膀，呆呆地站在那里。

穿裙子的男人

我走得太快，把跟我一起的那几个人远远地甩在了身后。

大概是我走路的时候用力太猛，路受不了了，它突然发生了痉挛，像受惊的马那样猛然直立起来。路，与地面接近垂直，但还不是完全垂直。我模仿壁虎，手脚并用地趴在路上，使出全身力气不让自己滑下去。

我身体的左侧有一条土路。它本来是一条普通的路，此时却像高架路那样悬空着，与我的头顶齐平。这充分证明，我脚下的路刚才并不是向上跳起，而是掉进了坑里。那几个曾经落在我身后的人——那是几个女人——从我头顶上方的土路上不紧不慢地走过来，我能看见她们脚板带起的尘土。那几个人瞥了我一眼，却没有停下脚步，而是继续前行。她们超过了我。而我，只能像壁虎那样努力地攀爬着，却一点也前进不得；不但前进不得，而且随时可能滑落下去。

我记起来，我这是去参加一个活动。本来是想早点赶到的，可是发生了这个事故——也就是脚下的路突然痉挛——使我不能顺利前行，眼看就要造成迟到的后果。

迟到，是一件不能容忍的事情。我一急，顾不上生命危险，眼一闭，蹬着这直立的路，猛地来一个后滚翻。

我腾空而起，跃出地面，翻到了一个院子里。这里像是集贸市场，乱哄哄的，有好多人，他们一个个神色慌张，似乎都在寻找什么。可能是我刚才动作太大，把身上的衣服挣脱了，此刻我浑身上下只穿着一件黑色三角裤头。天啊，这怎么见人！

我在人群中寻找熟人。看见了一位文友，我对他说："给我找套衣裳。"我知道他身上不止一套衣服。果然，他从什么地方摸出一套衣服递给我，是天蓝色运动服。那衣服过于肥大，不合身，可是顾不得那么多了，我伸手去接。接过来一看，竟然是一条裙子。怎么会是这样！

他是我的好朋友，他是不会故意捉弄我的，这肯定是那衣裳自己的主意——它自作主张，突然变成了裙子。不对，一定是那几个女人的主意，她们是在用这种手段来羞辱我——这是对我走得太快的惩罚。

裙子就裙子吧，在这个时候，总比赤身裸体要好一些。

我把裙子系在腰里，光着上身。我这样做，是为了向人们证明：这不是我的衣裳，我不是女人。

今天的活动就不参加了，我得尽快赶回去。

当我走出院子的时候，发现四周的道路都直立起来，它们形成了一个四方形帷幔。我恍然大悟，原来，我刚才那一翻，是翻进了一个剧场，我成了剧中人，我扮演的角色是穿裙子的男人。

我的家在哪儿

在一条乡间公路上走着，我在回家。

不知道为啥没有坐车——可能是没有往那个方向去的班车，也可能是为了省钱，还有一种可能是觉得这儿离家很近用不着乘车——反正我此时正在一条公路走着，不停地，走，走，走。公路两旁都是山，从地形地貌上判断，这好像是在湖北老家那一带。我一边走一边想：我有好几个家，我这是要往哪个家里去？心里一迷糊，就迷路了。

此时，我来到一个镇子上。

一开始，我以为是到了家了。四下观瞧，这里有点像是我家乡的那个镇子，细看，却又不太像。于是，我就在这镇子上转悠。这镇子，既熟悉又陌生，有点古老，有点破旧，街道两旁有一些明清时代的木楼，还有一些低矮的水泥楼房，新旧掺杂，说不清这是一座什么年代的城镇。不过，镇子的地面上铺的都是水泥，说明它不是太古老，应该还属于一座现代城镇。"我要回家。我要回家。"我在心里念念叨叨，不知不觉走出了镇子，却依然没有找到我的家，于是我终于认定：这里不是我的家乡。

　　我站在镇外举目四望，觉得应该到车站乘车回家。可是，我找不到车站。想找人打听一下，四周无人。这还不是最可怕的，要命的是：我已经忘记或者说不能确定自己家乡在哪里。如果向人问路，你总得跟人家说你要往什么地方去吧？一个人竟然不知自己的家在哪里，这是多么令人尴尬的事情！

　　对了，我可以打开手机，调出高德地图，那个导航系统也许还记得我的家在哪儿。

　　天啊，手机没电了！

　　这可咋办？得赶紧找个地方为手机充电。

　　我紧张地四下探看，急于找到一个人家。这时候，我看到公路左侧有一座高山，半山腰上有一个石洞，洞里发出淡蓝色光芒。我一阵狂喜：有办法啦！

　　眨眼间，我来到了那个地方。原来，此处不是山洞，而是一个既像车站又像旅馆又像集市的地方，这里乱糟糟的，到处都是胡乱走动的人影。我无心细看，一心想找个可以充电的地方。看见一个身着黑色警服的女警察坐在一个柜台的拐角处，她身旁有一个充电器，我急忙朝她迎面走去。看不清她的脸，她的脸是一团白光，这让我很是紧张。一紧张，我把嘴里那句"我想充电"说成了"我想回家"。那女警察把右手朝左上方一挥，以一种严厉的语气说："上四楼！"

她说的是湖北话，我不能确定她说的是"四楼"还是"十楼"。

随着她的话音，我的面前出现了一辆电瓶车。它十分简陋，像是一辆送货的手推车，窄窄的，低低的，没有座位，只能站上去三四个人。我知道，这车可以带我上楼。我已经顾不上究竟是去四楼还是十楼，先上车再说。

刚登上去，那车立马沿着一条又弯又陡的沟渠样的水泥通道呼的一声上到了楼上。这车，在一个平台上停了下来。这应该就是四楼了吧，我立马下车，想在这里找地方充电。

此时，我出现在一个饭馆里，手里端着一碗面条。我明白了：我刚才上的那辆车，是这家饭馆安排的，是专门用来拉客的。饭馆就饭馆吧，只要能充电就行。我无心吃饭，一门心思地寻找充电插座。这时候，我的面前出现了一个女人，这女人又黑又胖，满头卷发，正笑嘻嘻地看着我。我正要问她哪里可以充电，她突然把手伸进我的碗里，捞起面条吃了起来。

怎么碰上一个疯女人！我沮丧地离开了。

莫非是上错了楼层？那么，也就是说，我应该去的是十楼而不是四楼。我决定继续往楼上去。我刚才乘坐的那辆车，此刻正在一个陡坡处轰鸣着。这车要继续往上去，坡太陡，它上不去。几个小孩在推车，我加入其中用力地推着车尾巴。车轰鸣着，却上不去。眼看车就要向后倾翻，我准备撤退，却又担心那几个小孩……突然，车不见了，那几个小孩也不见了，连山下那个镇子也不见了。

呃，我的手机还在。这就好。

我摸出手机，对着手机不停地念叨："我的家在哪儿？我的家在哪儿？"我只能用这种方法为手机充电。我一遍一遍地说着，声音越来越大，越来越大……

鱼死网破计划

在一间像大型仓库的半明半暗的房子里，放着一只玻璃鱼缸。这鱼缸有半间房子那么大，盛满半透明的水，水里隐约可见一个有成年人的胳膊那么粗、形状像葡萄藤的黑色东西。那东西盘曲着，一小部分挂在缸沿上，大部分则泡在水里。它是有想法的：制造一种假象，让人相信它是一条蛇或是一条鱼。其实，眼前这个所谓的"鱼缸"并不是真正的鱼缸，而是一个概念。哦，还不仅仅是一个概念，它其实是一种伪装起来的想法——它以鱼缸的形态呈现，是为了隐藏那种想法。这时候再看那"鱼缸"，发现它果然不是玻璃质的，甚至不是一个实体，它只是悬浮在这个空间里的一团貌似鱼缸的虚拟物。

在鱼缸旁边，一个女子盘腿而坐。这女子看上去有三十岁左右，面容白皙，稍稍显得瘦削。她的眼神躲躲闪闪，却无法掩藏其诡异的目光。我知道，她的出现与这"鱼缸"有关——她是从"鱼缸"里出来的；她坐在这里，其实是为了等待即将从"鱼缸"里传出来的信息。原来，这是某些人正在执行的一个代号叫"鱼死网破"的行动计划。这女子的出现，正是该计划已经启动的标志。

由于我识破了这个秘密计划，那个女子就很紧张。她微笑着跟我说话，试图转移我的注意力。她那多皱的红唇微微翕动，却并不发出声音，而是通过意念对我说："我请你吃饭。"我马上明白：她这是在暗示我，她在等待"鱼缸"变出鱼来。显然，她这是在误导我，是为了让我相信那"鱼缸"就是鱼缸，那"鱼缸"里装的是鱼而不是别的什么。哈哈，我知道，在那所谓的"鱼缸"里，隐藏着一支队伍。想到这里，我就立马明白那"鱼缸"为什么如此浑浊了——每一粒悬浮物都是一个战士。

那女子转身离去，她试图继续转移我的注意力。

一转眼，我看见她在窗外一个台子上吃面条。我来到她面前，看见她身边还有一个男人。他们见到我很尴尬，朝我笑笑。我也朝他们笑笑。这时候，我的眼睛有了透视功能，我看见那"鱼缸"里已经变化出好多人来了。那些人，出了"鱼缸"之后，就像从水中冒出来的气泡那样消失得无影无踪。

"鱼死网破"计划正在全面展开。

"鱼缸"显得很平静，但其中那个像葡萄藤一样的东西却在大幅度地一上一下地动，就像是一面挥动的旗帜。这恰恰暴露了这个行动计划的秘密及其造成的后果，说明现在的情况很严重，局面已经变得不可收拾。

哎呀，这个世界将从此不得安宁。

无镇魔法

　　我在接受培训。课余，我与几个同学到学校附近一个叫作"无镇"的镇子上游玩。无镇在一条河谷里，离我参加培训的那个地方有一段距离，我们走了好长时间才到达那里。

　　在无镇，我们经历了很多事情，如果把这些经历记录下来，肯定是一部很好看的电视连续剧。只可惜，等我拐过街角，就要离开镇子的时候，心里"刺啦"响了一声，刚才看到的那些场景和人物，像蒸汽那样丝丝缕缕地飘走了。也就是说，我被消了磁，我把在这里的全部经历和所见所闻都忘记了。

　　也不是全都忘记了，隐约还保存了一星半点与无镇关系不大的记忆。譬如，我记得那镇子的街道上铺着青石板，我就是在踩到镇子边上最后一块石板的时候才突然被消磁的。当时，我悚然一惊，深有所感，知道自己踩到了一个机关——这是一个消除记忆的机关，谁踩到它谁就会在大脑里删除对这里的记忆。这是无镇特有的安保措施，它不允许到过这里的任何人留下关于它的任何记忆；更诡异的是，不论是谁，要想走出这个镇子，就必然会踩到这块石板。这正是它之所以被称作"无镇"的理由——它通过此种魔法，让这里变得彻底空无——这是一个虚无之地。

走出无镇的时候，是掌灯时分。我沿着来路往回走。眼前是一个陡坡，只要走到坡顶，我就能辨认出我所在的方位，就能想办法走出去。

脚下是一条窄窄的壕沟，像是洪水冲出来的，这个地方曾经是一条瀑布吧。我沿着壕沟向上去，当我爬到坡顶的时候，突然掉进了无边的黑里。这是完全彻底的"黑"，而不是通常所说的"黑暗"（因为"黑暗"包括一部分真正的"黑"和一部分不太黑的"暗"）。此刻，我像是掉进了墨水瓶里，不分上下，不辨左右，天上没有一丝星光，地上没有一丝光亮，甚至已经分不清天与地。我大惊，赶紧掏出手机，想用手机的光亮照一照脚下的路，可是，手机没电了！这就意味着，我不仅找不到来路，甚至连求救电话也打不出去。

我完全被无镇所控制，是无论如何也走不出去了。天啊，这可怎么办！

眼下唯一的办法是沿着来路摸回到镇上，找一个人家为手机充电。

我一边想着办法，一边蹲在地上摸索。所幸的是，我摸到了脚下的路，也就是那条壕沟。在某个瞬间，我竟然看到远处——也就是山坡下头——隐约闪烁着一片像萤火一样微弱的光亮。那就是无镇吧。

可是，我眼前依然是一片死黑，看不见脚下的路，也看不见路边任何东西。我只能像坐滑梯那样，身体斜躺着，双腿、双脚和双臂用力地向外撑着，一点一点地向下滑动。

什么也看不见，却能感觉到这条壕沟巨大的坡度，能听到沟两边的土滑落滚动的声响。我知道，沟两岸的土在我双脚和身体的重力作用下正在垮塌。我不知道这陡坡有多长，不知道是否能够滑到我想去的那个镇子，自然也就不知道这是一个圈套，我只是盲目地滑着滑着……

突然，脚下一空！

啊——啊啊——

那是无底的深渊啊！

特 嘟 嘟

有一粒石子，有大拇指那么大，在一个竹筒里剧烈地跳着，左跳，右跳，上跳，下跳。随着石子的跳动，竹筒发出有节奏的声响："特嘟嘟，特嘟嘟，特嘟，特嘟，特嘟嘟。"这声音，也可能是从石子的口中发出来的。

我趴在竹筒口上往里看，我知道这石子与竹筒杠上了，它是在用这种方式表达自己的不满——这是石子的反抗方式。

竹筒渐渐显出古铜色，四周弥漫着铜锈的气味。这竹筒是有来头的，它之所以没有发作，是因为它要显示自己的教养。

根据当时的情况，我必须选边站。

我决定站在石子这一边，因为我喜欢那响声。于是，我围绕竹筒大声地吆喝起来："特嘟嘟，特嘟嘟，特嘟，特嘟，特嘟嘟……"我一边吆喝一边奔跑，越跑越快，越跑越快；而竹筒里的声音，也随着我的脚步声越来越响，越来越响。

灵魂交易

　　大地，随着我的脚步在漂移。

　　此时，我与大地一起行走，基本态势是向着天空而去。造成这种态势的原因是，另一块大地朝我奔来并进入我脚下的土地，我所在的这片大地被撬了起来。

　　等我回过神来，我已经置身于一个完全陌生的空间。在这个空间里，一切东西都是飘浮着的，且变幻不定。我惊奇地举目四望，但见眼前出现了数不清的东西。这些东西都是我从未见识过的，它们时而具象时而抽象。具象的时候，它们的形状像是马、猫、公鸡等等——姑且这么说吧，因为它们只是像这些东西，却并非就是这些东西；抽象的时候，它们则呈现为高高低低、大大小小、形状各异的色块，红的，黄的，蓝的，还有一些是天空的颜色——呃，天空的颜色并不是蓝的，它可以被我感觉到，却看不见。一个意念说："它们都是灵魂。这些灵魂，有的价值一千万，这还不是最贵的——最贵的是无价的；而有些灵魂却是负值——这在人类灵魂中占有一定比例。灵魂之间可以进行交易。"

　　原来，我来到了灵魂交易所。

　　说是交易所，却并不是一个密闭空间，它无边无际，跟宇宙一样大。在这里，信息的传递是通过意念进行的。我不知道自己此刻究竟是处于什么位置，不知道最贵的灵魂是什么样子，也不知道每个灵魂的具体价位，只知道这里就像是一个会展中心，灵魂在这里既是展品又是商品。我想看看灵魂之间是怎么进行交易的，可是看了半天也没看明白。

　　表面上看，一个一个灵魂都是静静地悬浮在那里的；但细看，灵魂的形状和颜色却在悄然发生变化。之所以此前看不明白，是因为它们变化得太快了：马，瞬间变成猫；猫，瞬间变成公鸡；公鸡瞬间变成马……就这样循环往复，变幻无穷。那些以色块的形态存在的灵魂，也在闪电般由红而黄、由黄而蓝地依次变幻。更有意思的是，这种变幻并不严格遵循固定的顺序进行，说不定在哪个时候、因为什么原因——譬如某个意念的介入——所有参加交易的灵魂都会突然改变运动轨迹和交易次序，原本的秩序和形态就会发生不规则变化。

　　莫非，这就是灵魂的交易方式和交易规则？

　　好玩！

　　我想加入到这场交易中来，但拿不准我买得起一个什么价钱的灵魂；同时，也弄不清我的灵魂究竟值多少钱，自然也就无法开价。

那个与天空一个颜色、与天空一般大的灵魂，是灵魂的判官，也是灵魂交易所的经纪人，我可以征求它的意见。可是，我只能凭感觉感知它的存在，却无法真正找到它；况且，它本身同样具有不确定性和变幻不定的特性，也就不敢——且不能——完全依靠它。

这交易实在是太危险了：参加交易的灵魂瞬息万变，由于无法确定此时此刻某个灵魂是在什么状态、处于什么价位，如果我买到手里的时候它恰好是负值，那可怎么办？况且，即使有幸买到一个很贵的灵魂，一眨眼，它变得很贱，甚至成了负值，我又怎么办？我扳起手指头，像小学生那样笨拙地计算着，口中念念有词。

虚空里响起"哈哈哈哈"的笑声。这笑声像滔天巨浪，一下子淹没了我……

无　解

　　我奔跑着来到教室，可是已经晚了，班上坐满了学生，一位教师正在出题，考试即将开始。

　　我给学校带来了一堆台球。那位女教师接过去放在地上，用一个三角形框子把台球分作两部分，说是给孩子们当足球用。我这才发现，这里的学生个子都很小，像皮影戏里的人物，最高的也就二十厘米左右，小的只有拳头那么大。

　　试卷出来了，就放在讲台上。试卷是一个直径大约三十厘米的玻璃桶，里面盛满了水，水里有一株半透明的植物，那植物看上去像是塑料制作的，葡萄藤一样的藤蔓和柳叶似的叶子从桶口一直垂到桶底，藤蔓的中间部分模糊不清，若断若续。这是一道论述题，意思是："根据这棵植物的形态，请你说出它与房价的关系。"

　　教室里乱哄哄的，同学们审来审去，兴高采烈，因为这个题目是有标准答案的，事先已经透了题，大家都能得高分。这场考试，其实是给我看的，是一场表演。

　　突然，我的儿子出现在课桌上。他只有拳头那么大，这就充分证明他是一名差生。此时，他仰着颏儿，用崇敬的眼神盯着老师，大声说："这个题目无解！"

女教师的脸像气球那样猛然肿胀起来。她什么也没有说，只是紧张地看了我一眼。

我的儿子用自信的语气接着陈述："那个植物虽然标明了房价起落的趋势，但是这个题目缺少基础数据。你需要提供一百年来房价的常数和那个植物的 DNA，如果没有这些数据，这个题目就无解。"

儿子说罢，跳下课桌，背着手，扬长而去。

我恍然大悟：原来，这个考题的答案，其实就藏在那株植物藤蔓若断若续的地方。那是一个隐喻，它的喻体是：无解。

现在我突然明白，那个女教师何以那么紧张地看了我一眼。我为我的儿子自豪，因为只有他看透了那道试题——那道试题其实是一首诗。

附　录

梦、神话与精神分析写作

——关于《信使的咒语》的解读

耿占春

张鲜明有着数十年记录梦的经验，近些年叙述梦成为他自觉的写作方式。可以说，随着叙事体《寐语》的出版和诗歌《暗风景》系列的发表，他确立了自身的独特风格，也为中国文学提供了一种新的话语。在当下的写作中，无论作家还是读者，在文学还是在日常生活，人们更多关注的是意识，而非潜意识，意识经验总是处在思想与话语的核心，潜意识体验却很难得到描述。事实上，如果潜意识经验得不到关注，意识经验也会愈来愈固化贫乏。在这一语境里，富有文本意识的梦的记述，其意义不只局限于文学，如刘亮程在一次交谈中所说，张鲜明的写作富有启示性，可能成为日后人们所仿效的对象。因为他注意到了那些普遍深藏于每个人内心深处的晦暗领域，让梦、无意识或潜意识获得了文学性及其修辞形式。

继《寐语》出版之后，张鲜明结集了《信使的咒语》一书。梦的叙述并非易事，梦并不以语言的形式呈现，它是一些依稀难辨的重叠场景，缺乏清晰的语义和叙述逻辑，并且通常也缺乏经验的连续性。因此，梦幻叙事意味着将非语言的场景转换为语言，将潜意识或无意识体验转换为意识经验，但又要保留潜意识的形态与内涵。梦幻叙事意味着置身于意识与潜意识之间，非语言与语言之间，无意义与意义之间，不可理喻之事与隐喻符号之间。梦幻叙事是对可记录的身体—潜意识的一种"虚构"，又是对虚构体验的一种真实记录。

1

　　总体说来，《信使的咒语》如《寐语》一样，梦涉及一种危机性的体验，梦涉及困境、禁令、危险、失控、假象，或无从判断的重叠处境，如《大地深处的墙壁》《赌命游戏》《他们引爆了原子弹》《人体弹夹》《失控》《亡灵的托付》等等，梦思维潜藏着与危机或死亡有关的体验。但我们可以发现，唯有危机是真实的，而死亡并不存在。

　　《他在写"死后感"》中的"我"去参加一个活动，"任务是搞新闻报道"，闻名遐迩的人物黑白因为组织这个活动过劳猝死，为此"我"需要写一则消息却不知道该怎么写，属于意识经验的叙述很快滑入无意识，"我焦急地四下张望，突然看见黑白正端端地坐在刚才空着的座位上。"在这个大厅里，"我突然明白过来：他在写'死后感'……谁触碰到他，谁就必死无疑。我带着强烈的敬畏感走出会堂，沿着左侧的小径向西面的山坡走去。走着走着，一转身，发现我刚才所在的那个地方其实是一个毡房，毡房的门帘掀着，从这里能看到里面的人，能感受到其中特殊的氛围，甚至能闻见一股浓郁的樟脑味儿。樟脑的气味是防腐的，它代表哲学，这就证明那里的人正在讨论关于死亡的话题"，场景接着又转向了戈壁滩，"有一个人坐在离我最近的那个草丛中，从他的身影看，有点像是黑白，却不能确定。我突然感到，我面前的戈壁滩其实是一篇文章，也就是黑白所写的那篇'死后感'……我看着遍地鹅卵石，心里一片茫然。我闻到了一股浓郁的荒凉气息"。梦的场景从会堂—毡房—戈壁滩，逐渐下移至符合死亡的修辞特性或"死后感"的荒凉地带。戈壁滩就是那篇被称为"死后感"的文章，而鹅卵石就是文字。细心的读者会发现，在《信使的咒语》的诸多梦境里，大地与书、事物与文字的隐喻关系构成了特殊的梦幻式修辞。随后这个等式还要逐步加上身体、器官。土地＝书籍＝身体，这个隐喻式的等式构成了《信使的咒语》一书的梦幻修辞学。

然而正是由于土地、身体、文字之间的隐喻关联，无意识否定了死亡，就像神话里没有真正的死亡一样。

对生命与死亡而言，无意识才是防腐剂，散发着一种不朽的古代哲学气息。只是梦中的死亡延伸了神话般的恐怖性。《艾乂》讲述，从一个总是发出"艾乂艾乂"的声音中，"采访者"——这是作者的职业角色，这个身份属于"清醒"或意识经验的投射——发现"这卧室里住着这家主人的父亲，他已经死了，却一直在里面住着。那位老人虽说已经是一具僵尸，却依然管理着这个家……"，梦中的我意识到危险来自这具死而不亡的僵尸，"为了麻痹僵尸，我斜躺在沙发上，紧紧地闭着眼佯装睡着了。我感到那僵尸已经走到我跟前，我闭着眼不敢看他。他突然朝着我的右胯狠狠地咬下来……"，无论这是一种社会隐喻还是文化象征，其间都残留着神话思维，即死亡被否认了。

与死者打交道的梦境也出现在《他想借我的嘴巴说话》里："我知道他已经死了，可是，就是他，竟然朝我靠拢过来。他的脑袋是完整的，胸部以下却是虚拟的，就像一张渐变的图片，越往下越稀薄，到了腿部就完全是马赛克了。……他用意念告诉我：想借你的嘴巴说几句话。我知道，他要说出对于这个世界的看法；我还知道，他的话语将会很危险。"梦中的"我"在惊恐地尽力避开被死者借用嘴巴，以避开祸端。在这样两个梦里，死者留下了一张撕咬活人的嘴巴，或在死亡中隐藏了说话的欲望。张鲜明的梦幻叙事总是在讲述着死亡之时，死者返回了生活现场，因而死亡并不存在，存在的是死者参与活人事务带来的恐怖。不知何故，在《寐语》和《信使的咒语》里，往往是这些与死亡有关的梦，最接近隐秘的现实体验。

然而梦思维的主要贡献并不在于伪装的现实意识，在张鲜明的述梦作品中，我们感受到神话依然活跃在现代人的梦思维里，这是否意味着神话并非只是原始人类的心智活动，或者说现代人的梦思维就是一种活着的神话？除了表达死亡恐惧的梦，有许多梦叙述的是在危机中将死亡视为一种变形记，以变形的方式逃避死亡，这些梦更为接近远古神话世界的变形记。《菜籽女儿》讲述一个遇到危急情形的女孩扑到她妈妈怀里，瞬间变回到一粒菜籽那么大，并飞快地钻进她的卷发里，就在周围人们喝彩时，她已在一根高高翘起的发梢上悠荡，"就像一个孩子坐在树枝上那样。而她的妈妈，此时变成了一棵柳树"。人群倏然消失之际响起菜籽女儿的声音："你们的世界啊，如果云彩也是干的，就只能菜花盛开。"梦中的"我"一遍遍地背诵着菜籽女儿的话，"就像是在背诵某位诗人的经典诗句"。有如在神话里，死亡转化为无限的生机。

人在变形为物的时刻获得了另一种不受威胁的存在

形态。在《信使的咒语》这个梦里，"我"为了摆脱"追捕"，想把一封信扔了，可这封信已印到了皮肤上，"所以那些人是要剥了我的皮"。在逃跑中"我"不知道遇到的人是否就是收信人，于是试探性地念了一句咒语。"没想到，那两个成年男女苹果一样年轻瓷实的面容在我眼前迅速枯萎，他们的脑袋也在萎缩，连身体也开始缩小。几乎是在一瞬间，那一对成年男女就变成了拳头大小的两枚紫黑色干果。怎么会是这样！唉，是我毁了他们！"……为了弥补过错，"我"抱起（他们的）孩子，没想到，这孩子立刻"像渗入泥土的水滴一样不见了"。梦里的一个意念说："他要变成树"。"……接着是一丛小树，眨眼间变成大片森林。这森林一直往上长……隐天蔽日，无边无际。他们以这样的方式复活了！他们果真是收信人！"现实世界中他是一个新闻人，是一个"信使"，一个传递信息的人，然而在梦中，对僵尸的采访和"死后感"的报道、对死者借口说话都充满了内心恐惧，唯有在信使的秘密角色里，在被追捕中终于完成了信息的传达，后者让世界郁郁葱葱。

这里是典型的变形记，在生命遭遇危机之际，变形成为死亡的隐喻，但同时又是不死的象征。变形记只有偶然的例外，如《跑掉的素材》里才意味着死亡。而张鲜明的梦—神话提出的问题在于，人们通常不假思索地将神话叙事视为原始人生产力低下或心智水平不够发达所致，属于蒙昧主义时期的智力迷思，但这种见识无法回答，现代人的梦何以继续运作着古代人的神话？这实则是一个未解之谜。张鲜明的述梦之作为我们提供了鲜活的神话，一种依然活跃在现代人心智生活中的神话思维，它自何处传承而来？它源于个人体验还是集体无意识？它之于现代社会文化的意义是什么？在此意义上，文学性的书写有如一个精神生活的自然保护区，人类精神的极大丰富性和未被理解之物获得了一种幸存方式。或者说，自梦幻叙事中，太多被驱逐被压抑的体验复归于一种陌生的意义秩序。因而，同《寐语》一样，《信使的咒语》不仅具有文学文本的意义，也是一种尚待认知的神话学、精神分析和语言符号现象，或许也是一种未被清晰揭示的具有人类学意义的文化现象。

2

身体的不同部位或孤立的器官，并非整体的生命，事实上器官或被分割的器官，常常意味着死亡，但在张鲜明的梦—神话中，器官却经常独立行动，器官可以脱离身体，具有独自行事的能力，有如每个器官都是一个意识的中心，或者说，每个器官都是一个独立的生命。

在张鲜明的梦幻叙事里，刑天舞干戚或比干摘心行走这样的神话传说似乎依然活生生地存在于人的无意识里。

《西施受刑记》叙述的是西施为了娶女人伪装成男人参加比武，被人发现后判处死刑。西施站在一棵柳树下面，表情宁静如面前的湖。"周围站满了人，大家用眼睛看她。这就是行刑方式。她要被活活看死？"梦中人发出不忍之心的感慨，"西施实在是太漂亮了，真不忍心让她死啊！我只看了她一眼，就将目光挪开了。可是，我一直担心她，所以，接着就又看了她一眼。她依然在那里站着，可是这时候她浑身上下爬满了虫子，虫子在咬她。我突然明白了：人的眼睛是虫子，是可以吃人的。所以，直视就是一种行刑方式"。这是一种关于视觉功能的文化隐喻，是关于"看"的哲学隐喻，也是关于"监视"的社会学象征。"看"可以给予空间，也可以是生存空间的剥夺；"看"可以是赞美，也可以是"虫子"一样肮脏的吃人方式或"行刑方式"。

器官的孤立行事或身体的分解一直处在神话叙述的核心，也是《信使的咒语》中常见的梦。在《追赶双手》的梦里，"我"看见一座山，从地平线上升起来。这山有巨大的基座和一座座山峰，"每座山峰都像是柱子；山峰与山峰之间是巨大的沟壑，十分夸张，山体和山峰上布满皱纹。……我突然明白过来：这山，其实是我伸展的手。……我奔跑着去追它。……我灵机一动：脑袋肯定是在手的前头，应该让它去截住手。可是，我的脑袋在哪儿？我看不见脑袋，也就没办法指挥它，只好甩开脚丫子继续追下去"。最后，"我的整个身体只剩下一双脚，却依然追着，不停地追着……"。在这个梦里，双手，脑袋，一双脚，都能够各自为政，各自孤立行事，似乎生命在身体的分解中依然可以存活和行动。不仅器官可以独自漫游，梦似乎也重新肯定了万物有灵的信仰，有如古老的物活论。在《被坐实的伪证》里，为躲避追捕而潜逃的"我"看见一双深鞠胶鞋，"这胶鞋里面盛满了墨水，在来回走动。我知道，它是办案人员伪装的，里头的墨水是卷宗中的文字凝聚而成的，如果能够找到一片纸，墨水就可以立马还原成卷宗。走动的胶鞋，在寻找那片纸"。如果说在西施的梦里，是关于视觉器官的隐喻，行走的胶鞋、墨水、文字与纸之间潜在的变形，则是一种梦幻叙事中的转喻，隐喻从相似性产生变形，转喻以事物间的临近性为基础。梦的隐喻与梦的转喻叙事产生了变形和伪装，一般而言，它们都是处在危机或遭遇死亡之际的逃逸方式。

　　正如变形记神话一样，肢体的解体亦隐含着自身的辩证法，器官的孤立化意味着死亡，然而器官的独立活动又是对死亡的否定。在一个被分解的梦幻世界里，到处都有追踪、逃逸与寻找，有如器官的独立存在提醒着整体的缺失，如末世，亦如初创。《绝对零度时间》中的景象即是如此，世界混沌一片，人类以微生物的形状生存着，并散发出阵阵酸臭气，据说这是"时间发酵剂"造成的。这个梦既如同末世神话，又恍若原始神话的片断："……风，是世界的牙齿。世界，用冷——也就是绝对零度——来切割人类。原来，人类是世界豢养的动物，当世界感到饥饿的时候，就用绝对零度吸食人类的能量，包括灵魂"，一个声音说："人是一口会思维的气，依附在绝对零度时间之上。"听到这句话或意念，"我的身体立马四分五裂，肢体与器官像散落的羽毛飘飞而去。到了最后，所谓的'我'，也只是一颗脑袋。这是我的自救办法：只要脑袋还在，我就能思维、能呼吸，也就可以确定自己还在活着；至于如何依附在零度时间之上，那是灵魂的事情……"。这是一个已被分解或解体世界的象征，又如同原始巨人垂死化身的创世神话；也就是说，肢体器官分解的意象表征着一个解体的悲剧性的现代世界，又复归于一种神话式的危机之后的幸存经验。

某种孤立的器官或某个单一器官的功能能够神话般地自行其是，是《信使的咒语》中经常出现的情形。在《皮夹子里的感叹号》里，"我"的叫声可以变成一阵狂风，但在《鼻毛飞扬》时刻，微不足道的鼻毛也可以轻易支配它的主人，鼻毛变得飞扬跋扈，"像舞动的丝绸，像扶摇的烟雾，肆无忌惮地向着四面八方漫天飘舞。到了最后，我被这鼻毛轻轻地拽起来，像风筝那样在空中飞着。不知道将会飞往何处，又会落在哪里，我像一只受惊的鸟儿，一声，一声，尖叫着，尖叫着……"整体被最微不足道的东西所主宰，在器官各行其是的悲剧性经验之外，也意味着一种喜剧性或讽刺性神话的存在。

　　与变形记的梦修辞有关的是，器官或分解后的身体也隐藏在土地和事物的形象中，就像张鲜明在《生活在〈红楼梦〉里》和其他梦里多次到过的情形，一座建筑物《老院子》与一具隐秘的身体等同，又与一部巨著视同对等。"这院落原本是一个活物，它可以呈现出种种形态；而这一刻，它以老宅院的形态出现。第一进院子只有一扇窗户……放射着宁静而单纯的光芒。从第二进院子开始，窗户依次变成两扇、四扇、八扇，越来越多，越来越多，以几何级数增加，到了最后一进院子，已经弄不清究竟有多少扇窗户了。……满墙数不清的眼睛状窗户让我悚然一惊，我明白了：这个老宅院，是一位饱经沧桑的老人。一进院落，代表着他的一个年龄段；数量众多的窗户是他的眼睛，也是大大小小的摄像机，记录并存储着他全部的人生信息。哎呀，我怎么走进一位老人的传记中来了！"这是一个器官化的世界，一个身体分解的世界，也是一个碎片化的世界。而整体常常隐名埋姓，或整体已隐匿，世界的整体性似乎隐含在事物的"相似性"关系之中，土地或建筑物＝身体＝传记（书籍）的"相似性"修辞构成了梦的句法结构。

在《鼻孔上的舞蹈》的梦里，"我"站在一个冒着黑烟的洞口边，而另一个洞在冒白烟，"丝丝缕缕的，像是某种缥缈的思绪。从烟雾的颜色可以断定，这里埋葬的是一个女人，她死去的时间不长，那白色的烟雾其实是她对人间的回忆。我突然明白了：这两个洞穴其实是一双鼻孔——我站立在一个平躺着的人的脸上"。一个神话般的"女巨人"出现在这里。这是一种最原始的化身神话或"人文地理学"的无意识表达。对原始神话意识而言，这是一种综合性的世界观，对现代人的内心而言，器官化表现的是一种分解式的世界观。可以说，在器官与肢体的分解意象里，《信使的咒语》表达了一个悲剧性的分崩离析的世界；然而在身体与土地、建筑物或书籍的相似性关联中，这些梦又揭示了隐含在无意识深处的一种神话般的秩序。

这是一种深刻的解体概要式令人惊恐的梦，也是一种具有救赎意义的梦。梦像神话一样，是一个失去了现实逻辑的世界，又是一个契合潜意识的世界。没有身体的《脑袋婴儿》说："世界是一条破裤子，它太脏，所以我不穿裤子。"在这里，器官化的存在意味着对现实逻辑的一种复仇。在《信使的咒语》里，梦似乎被赋予了与现实《斗法》的意味，在这个梦里一个声音说："把空中的树喷射到大地上。"作为一种报复手段，"草木从四面八方朝我聚拢过来，它们汇集在我的两条臂膀上，丝丝缕缕，相互攀扯，眨眼间编织成两只绿色的网状之翼，无边无际，收放自如。草木们成了我的翅膀，它们的想法是让我飞。啊哈，我成了羽人！……我朝脚下连绵起伏的山头看去。一瞬间，所有的山都活了过来，它们像一群惊慌失措的秃头和尚，弯着腰，捂着裆，鬼鬼祟祟地四散而逃。"梦中的"我"解救了一个被施加了魔法的自然界。梦似乎是人蜕化了的秘密器官，是人丧失的飞翔能力的补偿。

3

梦和神话思维极其相似，抽象之物也能够物像化，也跟神话一样，梦是一种叙事能力和特异性的感知力。在《灵魂交易》的梦里，"我"发现自己来到的地方是"灵魂交易所"，灵魂有时具象有时抽象，具象时"它们的形状像是马、猫、公鸡等等——姑且这么说吧，因为它们只是像这些东西，却并非就是这些东西"；抽象的时候，灵魂则呈现为形状各异的色块，"红的，黄的，蓝的，还有一些是天空的颜色——呃，天空的颜色并不是蓝的，它可以被我感觉到，却看不见"。一个意念说："它们都是灵魂。这些灵魂，有的价值一千万，这还不是最贵的——最贵的是无价的；而有些灵魂，却是负值——这在人类灵魂中占有一定比例。灵魂之间可以进行交易。"而一个个灵魂的形状和颜色都在悄然发生变化，之所以看不见，是因为它们变化太快了："马，瞬间变成猫；猫，瞬间变成公鸡；公鸡瞬间变成马……就这样循环往复，变幻无穷。那些以色块的形态存在的灵魂，也在闪电般由红而黄、由黄而蓝地依次变幻"，而这种变幻并不严格遵循固定的顺序，"譬如某个意念的介入——所有参加交易的灵魂都会突然改变运动轨迹和交易次序……"。在梦里，抽象之物获得了可见性，变得可以被感知。而事实上，梦意味着意识与感知的分离，可视性的感知已经关闭，梦创建了自身的可视性体验。或许可以说，梦提供了我们在觉醒状态中所不具备的那种具有洞察力的心智。

梦就像神话那样，具有极其强大的叙述能力，它生成图像，也生成情节，梦就是一种"元叙述"，梦接近神话，亦接近诗歌。它在虚构叙述中突然遭遇真实。灵魂这样无形的存在可以被梦境所物化，使凝视或认知成为可能。在《被灵魂绊倒》的梦里，"我们"一群人撞上一个东西，与它扭作一团并被它重重地绊倒，"我感觉到，这是我的灵魂。我还感觉到，是这个东西挡在那里，它是故意冲上来撞我们的。当我从地上爬起来的时候，已经与刚才抬着的那个身体融为一体。与我一起的那些人都不见了，我感觉他们是进入左前方那个黑暗的地方去了。我站在那里，怔怔地看着"。梦揭示一种令人不安的真相，自我似乎是一个陌生的他者，主体是一种非统一性的分化的存在，人时而与自身的灵魂分离，与无灵魂的众人在一起，时而又与灵魂合一，而与众人分开，有如灵魂执着地寻找着它的栖身之所，有如我们自己听到了陌生他者的召唤。

对我们模糊不清的现实处境，对难以置信的体验，梦具有特殊的赋形能力，情绪和疾病这类身心情状也能够被物化为一个实体。在《名医》的梦里，病，并不在人们身体内部，而是像物件那样被人随身携带着，"有的装在双肩包里，有的装在挎包里，有的装在手提袋里"，在《吃愁虫》的梦里，"我"感到心里有什么东西在抓挠。"我蹲下身子，把心掏出来……它是一个像拳头那么大的花蕾，外面包着一层灰色油脂，这层油脂叫'愁'，摸上去硬硬的、凉凉的，像金属。我的心竟然是这个样子！……我捧着心，无奈地望天。这时候，从树冠上垂下来一个东西，细看，是一只近乎透明的虫子，这虫子的形状像天蚕，被一根透明的丝线吊着，它用无声的言语对我说：'我吃愁。'它是一只吃愁虫！我捏起吃愁虫，把它放在我的心上，这虫子立马像蚕吃桑叶那样哗哗地吃起来。我心的表面出现了一个洞，这洞在迅速扩大，里头的花蕾一点一点地绽放开来，露出红色花瓣"，等到吃愁虫把包着心的那一层硬壳——也就是"愁"——吃完的时候，吃愁虫已变成了一枚黑色鹅卵石。我望着手心里的鹅卵石——吃愁虫，"唉，你把自己吃成了石头！我捧着我的心——此时它是一朵轻盈、闪亮的花——蹦蹦跳跳地往前走。我决定把这枚鹅卵石做成项坠挂在脖子上，当作一个永久的纪念。就在这么想着的时候，鹅卵石——也就是吃愁虫——突然不见了。"

　　某种情绪和它的消解不仅可以是一个实体，而且是一个具有行为能力的实体，从而进入情节化叙事。无从琢磨的情感经验变成了可以操演的实践，拥有一个舞台和戏剧化的形式。在《信使的咒语》一系列的梦里，人的其他功能如记忆或失忆也可以在梦中获得戏剧性表现和展演舞台。《无镇魔法》中的无镇是一个有如忘川的地方，"我记得那镇子的街道上铺着青石板，我就是在踩到镇子边上最后一块石板的时候才突然被消磁的。当时，我悚然一惊，深有所感，知道自己踩到了一个机关——这是一个消除记忆的机关，谁踩到它谁就会在大脑里删除对这里的记忆。这是无镇特有的安保措施，它不允许到过这里的任何人留下关于它的任何记忆；更诡异的是，不论是谁，要想走出这个镇子，就必然会踩到这块石板"。消除人的记忆有如"无镇"的一个程序或制度性安排，消除记忆的魔法让这里的一切变得空无，这是一个虚无之地。每当梦的叙事发生转义，都让我们体验到梦的寓言层面，指向潜意识和意识经验。

一切抽象之物、一切无名的经验都能够在梦里获得一个物化式的表达，但与日常经验即醒觉时的文学表达不同，梦的叙事不仅充满行为实体、细节与情节，它的寓言层面往往转向对生活世界的结构性表现，因为梦是经由具象对抽象事态的表达。如《人头灯拐跑了我的思想》《替身》《穿裙子的男人》等表现尴尬处境的梦，一切事物的混淆带来了一个失去主体的处境，一种匿名处境。一种让万事万物飘忽不定或虚无化的力量获得了一个梦象《匿》，"匿"像瀑布，仿若一匹巨大的灰蓝色半透明的丝绸，从山头上飘过，"那些山，显然是主动配合的，当'匿'飘到某个山头的时候，这山就会晃动一下，或者是轻轻地吹一口气，好让'匿'得以轻松地过去。这些山，似乎是在躲避什么；甚至有一种感觉：

这些山不想当山了，它们想变成烟雾飘走或是找个地方躲藏起来。我不知道这'匿'是在干什么，也不知道它接下来又将怎样，只是感到这个世界又有什么大事要发生了，'匿'的出现就是征兆"。

《信使的咒语》中所有的梦之间仿佛构成了一座布满"交叉小径的花园"，许多梦在变形中重复着相似的忧虑，表现着同样强烈的危机意识，它们互为语境，仿佛在相互阐释，有如在迷宫中寻找着逃逸的路径，寻求着解救之道，与"匿"的意象相反，《宇宙擦》就是这样一种想象。"宇宙擦"有如虚空中悬着的柱形絮状物，像水中漂浮的青绵，它是宇宙擦，用来清洗宇宙。宇宙擦是被意念控制着的，这两团东西一个向左，一个向右，一会儿分开，一会儿合体。"当它们运动的时候，并没有发现周围有什么物质在消失，但我感到，某些看不见却可以感觉到的东西正在进入那两团东西中的一个，但进入的是哪一个，却不能确定。……我只要晃动着，就能与它们发生关系。……有一个意念说：它们在进行转换。我明白了：原来，那团消失了的东西就是'无'，那团旋转着的东西就是'有'；是'无'进入并带动了'有'，两者相互转化，这就是宇宙的清洗方式"。当宇宙论哲学获得一个梦象，大概就是这个样子。

《信使的咒语》和《寐语》中的许多梦，就是一种具有寓言意义的"小说"，一种卡夫卡式的寓言小说，既荒诞不经又总是与真实迎面相遇，它既指向潜意识和意识的体验，又指向超验与神秘意味的层面。梦幻叙事所处理的是一种更具复杂性和多义性的世界，指向一种人类经验的连续体。它不区分物质与灵魂，有形与无形，感知与非感知，日常生活与形而上学。对张鲜明来说，梦幻叙事指向一种多义性的修辞形式，指向一种跨越文体的写作。

4

我们不妨看看语言、书写和诗歌如何出现在《信使的咒语》的叙事里，应该说，这是张鲜明梦思维中最抒情的体验。

《羽毛花》是一个极其优美的梦境：我和同行人"走着走着，发现这山坡是由书本变成的，一畦一畦绿色植物其实是一行一行文字。这一点，只有我能看出来，所以，我就踩着一行文字慢慢地往前走，这就是创作。这种感觉让我兴奋不已"。于是"笔"的意象出现于梦中，"左前方山坡上出现了一尾竖立的羽毛"。似乎是"我"踩到了山坡的某个机关，"羽毛花在黑暗中微微晃动，顶端轻雾袅袅，这是它在思考的缘故。啊，我知道了：

这羽毛花其实是一支笔，漫山遍野的植物——也就是文字——都是它写出来的"。

文字与事物互相变换，书写与土地相互置换，就像早期的"字灵"信仰一样，梦揭示了诗歌与语言的秘密之所在。在与诗歌有关的梦里，文字、诗歌、书写总是与一切事物之间存在着原始的自然变形。这种诗歌的变形记也出现在《就像一只兴奋的跳蚤》的梦里。"我"感觉到"有一些东西出现在地平线上，它们在行走。这些东西从形状上看，就像是河滩里的鹅卵石，可是它们并不想真的成为鹅卵石，它们正在努力地呈现为某种意象，从而让自己成为诗歌。此时，它们的愿望已经实现。它们不但成为了诗歌，而且每一句诗就是一支队伍，它们的想法是：走遍全世界。……等我能看清楚它们的时候，它们已经走到了中俄边境。有一个声音在说：'诗歌经过俄罗斯。'"而"到了国境线附近，那些东西——也就是诗歌——突然变幻成电线的形态。它们不仅是电线，而且是橡皮包裹的电线，是绝缘的。这些电线呈现出黑、红、黄、白、绿等不同的颜色，在地上排列着，就像是编组站上的铁轨。我知道它们的想法：在这里重新组合——只有重新组合，才有力量。这是它们的意志，任何力量也无法阻挡。……仿佛是在回答我的疑问，那些电线——也就是诗歌——眨眼间以我为圆心朝四面八方均匀地分布开去，就像是四射的光芒。我明白了：它们要以这样的方式走遍世界"。仿佛一切事物最终都想成为诗歌，就像鹅卵石渴望成为文字，一切事物都隐秘地转向一种能量，而事物—文字的重新组合才会让它获得这种越界的能量。这是一个关于写作的梦，毫无疑问，它是一个诗人内心世界最美好的愿景。

对诗歌来说，语言就是原始的变形记，语言是原始神话，诗歌游荡于边境线这个意象极富深意。对神话与语言，对意识与无意识，乃至对一切形式的检查，诗歌都是一种修辞越界现象。诗歌通过比兴、比喻、隐喻穿越界线，躲过盘查，诗歌是语言的变形记。诗歌徘徊于"边境线"在《偷渡》中再度出现。偷渡的人群中有"我"的母亲，她手里拉着一个五六岁的小女孩。"这些人都是偷渡者，我此时的职责是把他们带出检查站。碾盘前站着一排盘查人员，碾盘是他们的仪器，可以扫描出过往行人的思维，从而轻而易举地查出其真实身份。本来，我已经通过眼睛把这些偷渡者变成影像装在脑子里，打算以这样的方式躲避盘查，看到眼前这个仪器，立马改变了主意，决定把这些偷渡者变成诗歌。动了这个念头之后，那些偷渡者就变成了一排竖立的葱段被放在碾盘上。他们的个人信息以诗歌的形式印在一层一层的葱皮上，葱皮层层包裹起来形成葱段，这是诗歌的装订形式，也是偷渡者的伪装方式。……其他盘查人员正俯下身子全神贯注地翻看那些葱段。我站在碾盘靠里的这一侧，紧挨着盘查人员，大声地朗诵诗歌，一是为了分散盘查人员的注意力，二是为了提醒葱段们，只要不变回人形，碾盘是读不出他们的个人信息的，也就找不到抓捕的证据。碾盘在我的朗诵声中缓缓转动，悄无声息。……我大声地朗诵着，一首接一首。那几个盘查人员瞪着眼听我朗诵，忘记了盘查；当然，也可能是他们喜欢诗歌，知道我是诗人，就故意放了一马。当我朗诵到'妈妈，我是虫豸儿，我只吃草籽'的时候，那些葱段已经越过警戒线，转到了那一侧。到了那边，葱段们立马变回人形。……起风了，那些偷渡者像一股烟尘在我眼前渐渐飘散，我哭着继续朗诵刚才朗诵过的那些诗……"诗歌让偷渡者变成葱段，继而变成诗歌，仿佛诗歌是一切事物中最无害的存在。与人在危机或死亡之际变成一棵树相比，人变成诗歌安然无恙穿过边境线是古老的变形记中最优美的变体，这个变形记颂扬了诗和语言。

在这些梦里以及关于"诗歌培训"的梦里，诗歌被赋予了超自然的力量。它也是语言和书写的力量，关于诗、语言、书写的梦有如仓颉造字神话的再现，语言文字与天地万物之间存在着隐秘而强大的感应作用。它是语言的力量向自身神话形式的回归，是文字神话以梦的修辞方式的重现。这一原始神话召回了大地—身体—语言的一体化感知。在《裂纹》的梦里，"我"突然看明白：天穹是亮晃晃的脑门；脚下"那伸向远方的半岛似的大地是舌头（唔，微微起伏的土黄色山岗是舌苔，遍地影子一般若有若无的树木和花草是味蕾）。这舌头——也就是大地——上布满裂纹"，语言与万物之间的相互置换，奠基于另一个化身神话的基础上，大地和万物皆为一个神灵的"垂死化身"，一个原始的盘古化身神话成为潜意识的语言，化为梦思维的语言与逻辑。"我知道，这些裂纹是大地深刻的想法。此时，裂纹们以急切的神情、哀求的目光望着我，意思是：'救救我！'怎样才能拯救这些裂纹呢？……呃，有了——用我的汗水去浇灌裂纹，这是拯救它们的唯一办法。……大地上有三道很深很深的沟壑，它们深达地心。这深达地心的裂纹是大有深意的，它是在表明，大地有话要说（正因为大地倾诉的欲望太过强烈，地上的裂纹才如此之深），正是这不可遏制的倾诉的激情，让大地之舌长出了嘴巴。……我匍匐在地，把脑袋贴在地上，用脑门上的汗滴去浇灌深沟。当我爬到第一道沟坎上的时候……这深沟向我传递过来一个意念：我正在写作，你的汗滴就是我的墨水。如此说来，这三道深沟其实是一个写作者的三重不同身份；或者，这是大地在同时创作着的三部书。我既焦急又难过：写这么多东西，要消耗多少墨水啊，光靠我脑门上的那几滴汗怎么够呢？……我看见我的身体依然趴在地上，我还看见那三道深沟上敷着一层深灰色的膜。这表明，我的身体正与沟壑融为一体；同时表明，那三本书即将完成。我满怀依恋地看着我的身体，鼻子一酸，眼泪就要出来了。泪水啊，流吧，流吧，如果我的眼泪滚滚而出滔滔不绝，也就解决了汗水——也就是墨水——不够的难题……"。能够弥补大地"裂纹"或干涸深沟的是人的汗水，最稀缺的水如果还不足挽救垂死的土地，汗水转义为"墨水"，浇灌变成了书写，而书写者的身体转义为大地，对大地裂纹的补救也就是一种自我救赎行为。正如《信使的咒语》里长在皮肤上的文字（书信）一样，《裂纹》里的身体也与大地的"沟壑"、身体上流下的汗水与书写的文字融合为一。虽然古典社会的天人感应或人附天数的思想，在当今思想论域里是一片虚无，而在人的潜意识里，它依然意味着一种活跃的充满生机的状态。这是一个极其感人的梦，一系列的变形记——大地、身体、书写相互叠印——是关于大地与人、事物与文字的寓言，也是关于写作的寓言。

对现代人而言，土地、身体、语言是互不相干的存在，土地与身体是某种脱离了符号的事物，而语言符号也变成一种纯粹的不及物的系统，而变形就在书写行为中发生，有如一种最初的与最后的结合。土地、身体、语言合为一体，而意义就在书写带来的变形记中发生。在《小石潭记》里，艺术与世界也是浑然难分的。"我"看见水潭内侧黑色石壁上由苔藓和石纹组成的一幅画，"这幅画是眼前这位画家朋友的作品，他把这幅画卖给了潭边的石头。此刻，这幅画正在朝石头里头洇，画面正在成为石头的一部分，画面上的石纹在迅速改变自己的形状，以便与石头上的纹路对接和重合。这表明，石头在接收这幅画。这正是这幅画的独特价值所在：能与它所置身的环境融为一体。"物质与作品，自然事物与艺术符号，跨越了一条鸿沟，有如艺术作品原始功能的复归。在关于《经典》的梦里，一面砖墙，逐渐成为一幅悬挂着的画；这幅画其实是一部典籍，是一部容纳着无穷信息和无限能量的经典。梦中的"我"对着它用力看，"我这样做，是在对这部经典进行复制。我用目光将它移动。移动的过程很慢很慢。我知道，所有的经典都是这样——它太有分量了；或者，它装作很有分量。那经典用意念对我说：'复制只能进行一次，否则地面就会被压塌。'经典的复制品以信息的方式存在，我要读到其中的内容就必须把它转化到纸上。于是，我拿出一张白纸，在空中晃了一下——这是对复制的复制。依然是白纸，上面什么痕迹也没有；但我知道，这纸上已经有了那部经典的全部信息。那张白纸突然有了自己的想法：飞。我知道它想飞，就紧紧地攥住它。如果我的手稍微松一下，它就会像鸟一样飞走；如果它飞走了，就会在空中无穷无尽地复制下去，势必造成灾难性后果"。就意识经验而言，梦中的艺术和经典是唯一性的，是和它的环境不能分离的事物，而不及物的符号无限地自我复制是一场灾难。这个梦似乎指向了当代文化危机的核心，又与语言及写作的理念密不可分。

与《裂纹》的潜意识相似，《悬崖》也是一个关于写作的梦，也涉及土地与身体、事物与文字的相似性关联。"突然，我发现我正在攀援的所谓土坡，其实是一张写字台。写字台的外沿就是悬崖，我正在从悬崖的这一面往写字台上攀登，我用尽最后的力气才攀登到桌面下方的抽屉上。我一边喘气一边思考怎样才能爬到桌面……我看见，写字台上出现了一片山水和林木，就像一幅三维动画。这画面在我眼前快速倒退，那山水和林木越来越小，很快缩小成一个盆景；而桌面却越来越大，正在变成广袤的大地。……一恍惚，我又像倒悬在屋檐的蝙蝠那样倒悬在悬崖上。不知道是那个女人的法力使我回到了原先的状态，还是我又一次选择了原先的路径，反正我是继续倒悬在悬崖上了。'写字台就是悬崖！'我自言自语起来。"对张鲜明而言，梦思维存在着长期沉积的意识经验，也存在着瞬间勃发的潜意识体验,倒映着古老优美的神话,也倒映着惊悚的现实。还有什么能够像梦中警语如此传递出一个诗人对写作的深切感悟,"写字台就是悬崖",然而危机、粉身碎骨与广袤的土地同在。

5

与人们对梦的混乱印象相反,张鲜明的述梦似乎一直企图在无序或失序的世界里求索秩序,在危机、变形、匿名和虚无化的状况中寻找意义秩序。如其中的一个关于写作的梦所示,《叛乱》发生在一本书内部:书页一边从中间自己打开一边通过意念对我说:"我是《李自成》。"有如一群叛乱者,在那一页上有一幅淡淡的、若有若无的山水画,此刻它正从一种朦胧状态趋向于浓重清晰,"这时候,这面书页上的文字变得越来越模糊;到了后来,它们完全被浮现出来的山水画所遮蔽,已经看不出来是铅字了。非但如此,那幅山水画上的瀑布此时竟然开始流动起来,就像动画那样。这幅山水画的意图很明显:用瀑布把这书页上的文字冲掉,让这面书页成为一幅名副其实的绘画作品。"贯彻古今而当代尤甚的图文之争在梦里演变为一个神话故事,"书页上的铅字们愤怒了,它们活过来、动起来,就像是为了自己的地盘而拼死搏斗的甲壳虫那样,它们挺身而出，开始撕咬那幅山水画……但这些文字显然不是山水画的对手……最终却像枯枝败叶那样被画面上那条瀑布裹挟着，无可奈何地顺流而下，被彻底地冲走了。"而书籍世界内部的叛乱尚未结束，梦中的书本随意地翻动了一下，"这一页里也不平静，其中一部分文字正在策划并已经实施一场叛乱，就像是军队的哗变。原来，这些文字是军人伪装的，许多年来他们以文字的形式潜伏在书中。这些伪装成文字的人，对书中关于自己的描写十分不满"，于是就从原来的位置上揭竿而起，"他们挥舞着偏旁部首，在这书页上胡乱奔走起来，一场哗变就这样形成了。这些文字——也就是那些人——目标很明确：要重新排列组合，重写有关他们的故事情节；而另外一部分文字——一些黑体字——却不同意，于是就与叛乱的文字打斗起来。"显然"黑体字"意味着权威性、权威文本或语录化的引文，书页上的文字分为两群拼死搏斗的蚂蚁，相互纠缠撕咬，书的世界乱作一团。

不仅书籍、语言文字内部充满纷争，"我"的梦也能够被非法盗窃，被恶意复制（《盗梦》），就像《经典》被无穷复制以至于酿成一场灾异，梦中的张鲜明对诗歌与经典显然持有一种精英主义的语言观。我们能够从《信使的咒语》中得到的关于梦的自我指涉也是富于启迪意义的。《梦是一壶开水》描述了一片旷野上排列着"机器零件、家具、石头、树桩子等等，横七竖八，东倒西歪，蒙着厚厚一层霜"，做梦者此刻"突然想起来了：这些东西，原来都是人，是一支远征的军队。他们中间有许多人是我的朋友，只有我能认出他们。他们被冻在那里了。"此刻一个声音说："梦是一壶开水。"于是"我拿着一个长嘴壶，里头是热腾腾的开水，远远地朝地上那些东西——也就是被冻僵的人——浇过去。我知道，梦能救他们。"在潜意识层面，在精神分析的意义上，梦是一种自我缓释的能量，能够融化人心深处的冰冻。是的，梦是一种救赎性的力量，让冻结的一切复苏。

《信使的咒语》表明，梦境是精神生活的一个自然保护区，一切不可言说之物，难以交流之物，被压抑、被排斥或被废黜之物，那些被隔离的经验都被存储、被滞留在这里，它们被梦幻叙事所记录、收集、归藏。无论从哪方面看，梦幻叙事都在主流文学的边缘，在神话和政治的边缘，也在精神分析及其治疗体制的周围繁衍着，它也如同一个真正的自然保护区一样，保持着精神生活的各种可能性，它如同一个广阔的缓冲区，阻止人们陷入混乱无序的无意义状态，也拒绝将内心生活话语专业化或格式化。张鲜明的梦幻叙事是一个巨大的缓冲区，它是叙事，是神话，是诗歌，也是一种多重主题充分展开的精神分析式的写作。他揭示了高度分化了的主体经验，揭示了自我内部的戏剧性对话，也映射着整个社会心态史的分化状况及其内在冲突，无论对个人还是对整个社会，《信使的咒语》都既是一种征候的透视，又是一种治愈性的话语。

我的释梦并不能穷尽《信使的咒语》全部含义，也无法给出一个主题上的清单，而只能勉为其难地记录一个索引性的备忘。梦幻叙事就像神话本身一样，存在着可以阐释的属于意识经验的部分，而它更主要的内涵则属于无意识或潜意识，无法将梦全然对应地翻译为意识表达和理性经验。释梦有如神话阐释，无法解释的部分才会让意识抵达其自身的界限。对意识经验而言，梦是《倒立》着看到的世界吗？"我明白了：原来，我置身于一个博物馆里。我刚才所看到的那一切，其实是某个陈列展的一部分。这博物馆是一个装置，它要表达的主题是：世界的本质与秩序"。"倒立"和"博物馆"就像梦幻叙事的一个隐喻，与《寐语》和《暗风景》一样，张鲜明《信使的咒语》就是一个梦的博物馆，一个梦境的长廊，这些梦幻叙事和神话一样，为一切不可言说之物提供了一种话语，并揭示着已经失去或暂时隐匿的"世界的本质与秩序"。无论如何理解张鲜明的写作，都可以强烈地感受到，梦幻叙事通过神话思维及其他所打开的感知与想象视野，为中国当代文学贡献了一种异质性话语，不妨再重复一次：一种征候式的又是疗愈性的精神分析式的写作。或许可以说，如果每个人掌握或了解这种梦幻叙事,那就意味着每个人都在自我的内部、在自身的危机与生存困境中,邀请入驻了一位极具共情能力的精神分析师,它随时都能够在自我内部展开一场意义非凡的心理咨询式对话,并将唤醒潜藏于我们内心的智慧,那些早已在琐碎的现代生活中遗忘的神话般的智识。

图书在版编目（CIP）数据

信使的咒语 / 张鲜明著 . -- 北京：作家出版社，2021.12
ISBN 978 – 7 – 5212 – 1610 – 3

Ⅰ . ①信⋯　Ⅱ . ①张⋯　Ⅲ . ①散文集 – 中国 – 当代
Ⅳ . ①I267

中国版本图书馆 CIP 数据核字（2021）第 232580 号

信使的咒语

作　　者：张鲜明
责任编辑：窦海军
封面摄影：窦海军
美术编辑：梅　彬　陈　黎
装帧设计：青　葵
出版发行：作家出版社有限公司
社　　址：北京农展馆南里 10 号　　邮　　编：100125
电话传真：86 – 10 – 65067186（发行中心及邮购部）
　　　　　86 – 10 – 65004079（总编室）
E – mail: zuojia@zuojia. net. cn
http: // www. ZUOJIACHUBANSHE. com
印　　刷：北京盛通印刷股份有限公司
成品尺寸：145 × 200
字　　数：229 千
印　　张：9
版　　次：2021 年 12 月第 1 版
印　　次：2021 年 12 月第 1 次印刷
ISBN　978 – 7 – 5212 – 1610 – 3
定　　价：50.00 元